双葉文庫

左遷捜査

法の壁

翔田寛

目次

プロローグ

夏が嫌いだ。

ことに夜の闇は、悪夢を招き寄せる。

蠟《ろう》のように青白い肌。

光を失った濡れた眼球。

どす黒く変色した頸《くび》。

膨らみかけた胸の肌に残された、歪《いびつ》な歯型。

その惨《むご》たらしい光景を思い出すまいとして、必死で記憶を振り払おうとするものの、脳裏に焼きついてしまった残像は、少しも薄らぐことはない。

いまも、四十メートルほど先にあるアパートに目を向けている彼の頭の中に、見るに堪えない残酷な情景が、次々と去来していた。白いポロシャツを着た背筋に、不快な汗が流れる。息苦しさを感じて、知らぬ間に口で呼吸をしていたことに気が付く。

その集合住宅は、練馬《ねりま》区の石神井《しやくじい》公園から、目と鼻の先にある。木造モルタルの二階建てで、外廊下と金属製の階段のある典型的な安アパートだった。彼が凝視しているのは、その二階の左端の部屋のドアだ。

玄関横の格子の嵌《は》まった小窓に、蛍光灯の青白い明かりが灯っている。ドアの左側には、二槽式の洗濯機が置かれていた。その格子窓に、薄汚れたビニール傘が吊り下げられている。

昼間、宅配便の配達員を装い、彼はそのドアの前を何度か通り過ぎてみた。ドア横の表札には、《杉田浩二》という氏名が記されていた。しかし、それが本名でないことや、二日に一度、石神井公園駅近くの飲み屋に出掛ける習慣については、とっくに確認してあるのだ。

彼は、腕時計に目を向けた。

午後七時十分。

そろそろ、出かける頃だろう——

この十二年は、本当に長かった。

そう思う一方で、あの出来事が起きたのが、まるで昨日のことのようにも感じられる。ここに来る前に、彼は自宅の玄関先で《送り火》を焚いたのだった。十二年前の盆明け、八月十六日こそ、あの子の命日だからだ。

そのとき、アパートの勝手口の明かりが消えた。

ドアが開き、男が姿を現した。

黒いTシャツに、下は細身のカーキ色のジーンズ。

胸の鼓動が速まる。
胸に抱えていた帆布《はんぷ》製の鞄に、彼はそっと手を差し入れる。
指先が、手拭いを巻いた固いものに触れた。
三日前、ホームセンターで購入した出刃包丁だった。
男が外廊下を通ると、耳障りな音を立てて階段を降り始めた。
自分の息遣いが速くなるのを意識しながら、彼もゆっくりと塀から離れた。

第一章

一

目崎敦史《めさきあつし》は、シルバー・メタリックのトヨタ・クラウンのハンドルを握っていた。

暗い道路の両側に、白銀色の街灯が点々と灯っている。ルーフ上で回転する丸い赤色警光灯《けいこうとう》と、大音量で吹鳴《すいめい》しているサイレンのおかげで、前方を走行している車両が赤いテールランプを点滅させて、次々とスピードを落とし、路肩《ろかた》に停車してゆく。

目崎はオーダー・メイドの濃紺のスーツに、英国製の先が細く尖った茶色の革靴といい、左手首にインターナショナルの腕時計を嵌《は》めていた。

左隣の助手席には、棟方国雄《むなかたくにお》警部補が黙然《もくねん》と座っている。肘と膝がすっかり抜けてしまった、黒に近い濃茶の背広姿。足元は、踵《かかと》が減り、履き古した艶のない黒い革靴。ぎょろりとした大きな目と、目の下の弛《たる》んだ膨らみ、それに鷲鼻《わしばな》やへの字の唇が、眠たげな梟《ふくろう》のようだ。

目崎はクラウンを、制限速度を超えるスピードで環状八号線を北上させていた。クーラーの効いた車内で、目崎は前方に細心の注意を払いながら、ときおりバックミラーで後続車両にも気を配る。目崎は、俗に《青免《あおめん》》と呼ばれる《自動車運転技能検定一級》を持っている。これがなければ、警察車両は運転できない。

そのバックミラーに、対向車の眩しいヘッドライトを浴びた自分の顔が、嫌でも映り込む。面長《おもなが》の顔。七三分けのやや長めの髪型。二重の目と細い鼻梁《びりょう》。唇が薄く、その反面、眉が太くて濃いのが、いささか気に入らない。眉間にかすかに陰りがあるのは、ひどく緊張しているからだと自覚していた。

夜分に散歩していた若い夫婦が、石神井公園内の雑木林の中でうつ伏せに倒れている男性を発見して、午後八時四十分過ぎに警察に通報してきた。その一一九番の連絡は、千代田区桜田門《さくらだもん》にある警視庁本部庁舎四階にある通信指令センターに届いたのだった。

《第十方面練馬署管内の石神井公園内の三宝寺《さんぽうじ》池付近において、殺人事件らしき事案が発生。巡回中の機動捜査隊員、各警戒員は、すみやかに急行されたし》

スピーカーから流れた指令を受けて、本庁舎六階にある捜査一課で書類仕事をしていた目崎は、棟方と一課の大部屋を飛び出すと、覆面パトカーに乗り込んだのだった。

同じ頃、連絡を受けた最寄りの交番勤務の制服警官たちも、胸元の受令機が鳴り出すと、すぐにイヤホンを耳に当て、本庁からの連絡に反応し、次の瞬間には交番《はこ》を飛び出しただろう。現場から数キロ圏内を巡回中だった警視庁地域部所属の自動車警邏隊《けいらたい》の車両も、ただちにサイレンを吹鳴させて急行したはずだ。

《被害者男性の死亡を確認。左右の脇腹を後方から刺されている模様。大量に出血しています》

目崎がハンドルを握る覆面パトカーの車載無線に、自動車警邏隊からの連絡が流れたのは、最初の通報から十分ほど後のことだった。

《こちら機動捜査隊、ただいま現場に到着》

緊急車両のサイレンを一切鳴らさずに、一般車両を装って走行することが定められている機動捜査隊からの連絡がスピーカーから流れたのは、さらにその五分後。

目崎の運転する車は、環状八号線から斜めに左折して、旧早稲田通りに入った。やがて、石神井川を渡ると、豊島橋《としまばし》の丁字路を左折する。左車線の路肩沿いに、ずらりと停車している車列が目に飛び込んできた。

箱型の赤色警光灯を回転させたままのパトカー。丸型の赤色警光灯をルーフに装着した覆面パトカーなどが、五、六台も停められていた。所轄署の刑事や鑑識係、それに、本庁の機動捜査隊員がすでに初動捜査を開始しているのだろう。

道路上には、通行車両のヘッドライトを浴びた制服警官たちが五人も立っており、ヘルメットをかぶり、赤色の誘導灯を忙《せわ》しなく振ったり、けたたましくホイッスルを鳴らしたりして、片側通行の交通整理に当たっている。

片側一車線の道路を挟んで、両側に石神井公園が広がっている。その道路沿いに、黒黒とした見上げるほどの高さの木立《こだち》が続いていた。現場は、道路の西側のようだった。目崎はスピードを落としたものの、つかの間、どこに車を停めてよいのか迷う。その気配を察したのか、無言だった棟方が短く言った。

「何を迷っている。覆面パトカーの後尾《こうび》に停めろ」

「は、はい」

言われるまま、目崎は慎重にハンドルを切ると、最後尾の車両の後ろにつけて、エンジンを切った。その途端に、全身に汗が噴き出した。

棟方が大儀そうにドアを開けると、外に降り立った。続けて車外に出た目崎の身を、排気ガスの匂いと、じっとりとした蒸し暑い夜気《やき》が包んだ。

棟方が皺だらけの背広のポケットからフェルト地の《捜査》と記された腕章を取り出して、左の袖に留め、白手袋を嵌めた。

目崎も同じように腕章を留め、手袋を着用する。

「行くぞ」

顎《あご》をしゃくるようにして、棟方が歩き出した。

猫背で蟹股《がにまた》気味に歩く棟方を、目崎は後に続きながら見つめる。体型は小太りで、猪《い》首《くび》。背丈は、彼よりも十センチくらい低い一メートル六十五、六ほどだろう。そのくせ、体重はゆうに十五キロは重いに違いない。ろくに梳《と》かしていない感じの癖毛《くせげ》は胡麻塩で、実年齢の五十一歳よりも、五つ、六つほども上に感じられる。足元の靴の踵は、左右とも外側がひどくすり減っていた。

《三宝寺池》と横書きで記されたバス停前で、ガードレールが途切れており、コンクリートに自然石を埋め込んだ簡素なゲートを通って、棟方の後から、目崎も暗い石神井公園内に足を踏み入れた。

一転して、草いきれと湿っぽい土の匂いを鼻先に感じた。虫の音も聞こえた。土の上なので、足元に柔らかい感触を覚える。幹の太い高い樹木が夜空を覆い隠しており、丈の低い植え込みの間に、少しぬかるんだ小道が右に曲がり込むように続いていた。すぐ近くに、一メートルほどの幅のせせらぎが、かすかな音を立てて流れており、丸太や木の板を模《も》したコンクリートの橋が架かっている。その先は、両側のこんもりした木立の間を、やや広い道が奥まで続いていた。道の右側には、木製の座面と背凭《せもた》れのついたベンチが設置されていた。

十メートルほど行くと、道が二手に分かれており、それらの道に挟まれた雑木林が迫ってきた。投光器が設置されており、その木立の奥が真昼並みの明るさになっている。光に誘われたのか、無数の小さな蛾が群がっていた。周囲にはイエローテープが張り渡されており、十メートル間隔で夏服半袖の制服警官が立っていた。いずれの顔も、汗で光っている。

その雑木林を、靴の上からビニール袋を履いた捜査員たちが、慌ただしく出入《ではい》りしていた。青い制服姿の鑑識課員たちの姿も目に付く。カメラの白いフラッシュが繰り返し焚かれており、大きな警察犬を連れた、所轄署の鑑識係もいた。遺留品や靴跡《ゲソ》、それに血痕や唾液や汗、繊維、皮膚片といった微物《びぶつ》の発見と採取に努めているのだ。証拠物の採取は、現場の外周から、遺体のある中心部に向けて行われる。

現場における捜査の手順を、目崎は胸の裡《うち》で慌ただしく反芻《はんすう》した。手順ややり方に抜けがあれば、先輩刑事たちから情け容赦なくどやされる。本庁の捜査一課に配属されてから、すでに数度、事件現場に臨場《りんじょう》しているものの、いまだに掌に汗をかいてしまう。

本庁の機動捜査員たちも含まれているはずだが、ベテランの棟方とすれ違う誰もが一人として、こちらに声を掛けてこない。

「本庁だ」

警備の制服警官に、棟方が短く声をかけた。

制服警官たちが敬礼したものの、棟方は軽くうなずき返しただけで、腹の出た体を窮屈そうに曲げて、イエローテープを潜る。私服の刑事は、挙手の敬礼を返してはいけない決まりになっている。目崎も、その後に素早く続く。

犯人や被害者の靴跡を荒らさぬために、四角いボードが一列に並べられていた。目崎は棟方に従い、そのボードの上を慎重に歩いてゆく。所々に、アルファベットの記された三角柱の表示板が置かれている。遺留品と推定される物を示すマークだ。藪蚊が顔に纏《まつ》わりついてきたので、目崎は手で払いのけた。

遺体のそばに、三名の鑑識課員がしゃがみ込んでいるが、遺体については鑑識が終了したらしく、遺体周囲の調べに移っている。背広姿の男が遺体を覗き込んでいた。その捜査員がこちらに気が付き、ふいに顔を上げた。

「おう、クニさんか」

鰓《えら》の張った四角い顔、小鼻が胡坐《あぐら》をかいたような団子鼻、太い眉と分厚い唇、蒼い髭《ひげ》剃り跡——幼稚園児がクレヨンで描いたような顔の中年の刑事が、珍しく親しげな表情を見せていた。

「代行検視か。相変わらず、現場に駆けつけるのが早いな」

棟方も、馴れ馴れしい口調で言葉を返した。だが、その棟方の斜め後ろに立つ目崎に、相手が怪訝な目つきを向けたことに気が付くと、すぐに振り返った。

「石神井署の相米《そうまい》警部補だ。ちゃんと挨拶しておけ」

その言葉に、目崎は慌てて頭を下げた。

「この四月に、警視庁刑事部捜査第一課、第二強行犯捜査班、殺人犯捜査第三係に配属されました目崎敦史巡査部長です。よろしくお願いします」

相米が鷹揚にうなずき、口元に笑みを浮かべた。

「目崎さんか。だが、捜査は目先のことに捕らわれず、大局的な視点を忘れちゃならないぜ。――もっとも、クニさんが指導係じゃ、あんたも大変だろう」

だが、その軽口に、とても歯を見せられるような雰囲気ではなかった。相米と目崎のやり取りにいっさい構うことなく、棟方が無言のまま遺体に向かって丁寧に合掌すると、屈み込むようにして遺体の検分を始めたからである。

その肩越しに、目崎も同じように手を合わせると、思わず唾を呑み込み、遺体に目を向けた。そして、棟方が、遺体のどこを、どんなふうに検《あらた》めるのかをじっと観察する。

うつ伏せで死んでいるのは、若い男だった。右腕を体の下に挟み込むようにして、やや体を曲げた姿勢で横たわっている。顔を右に向けており、ワックスでも塗っているのか、茶髪が逆立っていた。黒のＴシャツに、七分丈のカーキ色のスキニーパンツ、両耳に銀色のピアス。右足は裸足で、左足に赤いクロックス。脱げたもう一方のクロックスが、五メートルほど離れた地面に転がっており、近くに標識が立てられていた。

警察官として、これまで三体の死体を目にしてきたものの、当然ながら何度見ても気持ちのいいものではない。手にしたハンカチで額を拭《ぬぐ》う。汗をかいて、その汗が遺体や周辺に落ちれば、犯人の体液のＤＮＡと混在しかねないから、要注意なのだ。

連絡にもあったように、Ｔシャツの左右の脇腹が裂けており、べったりと血に染まっていた。刺された直後に、出血しながらも最後の力を振り絞って地面を這ったのだろうか。投光器の強い光に照らされた乾いた地面に、血の筋が残っていた。

「ちょっといいか、正面も見たい」

棟方が声を掛けると、相米は心得顔《こころえがお》でうなずき、阿吽《あうん》の呼吸で遺体の左右の肩を持ち上げた。

「背中側の左右脇腹の二か所以外に、外傷はなさそうだな」

棟方が独り言のようにつぶやくと、相米が合いの手を入れた。

「縁起の悪い柄だな」

被害者の身に着けていたTシャツの正面の柄は髑髏《どくろ》だった。

その柄と、瞼を閉じた被害者の死に顔を、目崎はともに視界に入れた。目尻の釣り上がった、顎の細い顔立ちだ。いわゆる狐顔である。

遺体を地面に横たえると、棟方が手を伸ばしてむき出しの左腕の肌に触れた。それから、腋の下にも指先を差し入れる。目崎を振り返ると、無表情のまま顎をしゃくった。

つかの間、その意味を摑みかねたものの、棟方が渋い顔つきになったことで、同じようにやれ、という意味だと気が付く。目崎は、慌てて身を乗り出すと、同じように手袋をした指先で、遺体の左腕の肌に触れてみた。ひんやりとしている。それから、腋の下に指を差し入れた。ほのかな温かさを感じた。

「外気に晒《さら》された遺体の肌は、死後一時間程度で冷たくなる。よって死後一時間以上は経っているだろう」

誰に言うともなく、棟方がつぶやいた。

「この刺創《しそう》の位置だと、左側は下行結腸《かこうけっちょう》と腸間膜を断裂している可能性があるな」

相米も小さく言った。

「それで出血ショックを起こして、絶命したと見るのか」

「ああ。最初に右側を刺されたものの、致命傷には至らず、林の奥へ逃れようとしたんだろう。地面の血筋も、そのときの痕跡に違いない。で、犯人はもう一度刺したんだ。

——本庁の検視官を待って、うちのが鑑定処分の許可状を取りに行く予定になっている。この遺体の状況だと、十中八、九は、現場検証が終わり次第、大学へ移送することになるだろうな」

二人のやり取りを耳にしながら、目崎は頭の中で、刑事になるために勉強したことを思い返していた。犯罪の可能性のある遺体については、刑事訴訟法に基づき、現場で警部補クラスの人間によって行政検視が行われる。さらに、専門知識を有した鑑識課の検視官による司法検視を経て、司法解剖の必要性ありと判断されると、裁判所に対して鑑定処分許可状請求がなされるのだ。二十三区内で発生した案件の場合、東京大学医学部法医学教室か、慶応大学医学部法医学教室に委嘱《いしょく》される。

同時に、棟方と相米のやり取りを見つめながら、内心の驚きがどうしても顔に出てしまうのを感じていた。目崎が世田谷署から本庁の捜査一課に配属になってからというもの、棟方がほかの刑事とこれほど気安く喋っている姿を見たことがなかったからである。

だが、棟方は、そんな彼の素振りにまったくお構いなしの様子で、遺体の体勢、服装と着衣の乱れ、防御創《ぼうぎょそう》の有無、遺体周辺の地面の状態などを、執務手帳に書き込んでゆく。

「所持品は？」

棟方が、相米に言った。

「ズボンのポケットに、百円ライターがあるのみだ。財布も携帯電話もない。付近にも見当たらないから、犯人が持ち去った可能性もあるな」

右肩を持ち上げたときに、体の下敷きになって隠れていた右腕が脇にずれて、その手首に腕時計が残されているのが見えていた。

棟方が手首に顔を近づけた。

「フランクミュラーじゃないか。物取りじゃなさそうだ。犯人が物取りなら、こんな高価な腕時計を見逃すわけがない」

言いながら、棟方がかすかに鼻をうごめかせたことに、目崎は気が付いた。

「そのくせ、争った形跡もないから、喧嘩の線も薄いかもしれん」

相米が言うと、棟方がうなずく。相米は続けた。

「背後から、いきなりグサリとやられたとすれば、怨恨、通り魔、そのいずれかだろう。若い男だ、女絡みの線も捨てきれんぞ」

「第一発見者は？」

「そろそろパトカー内で、ほかのやつらが発見の経緯について聞き取りを始めているはずだ」

「俺も話を聞きたい」

「こっちだ」

相米が素早く立ち上がると、棟方も腰を上げた。目崎も慌てて二人に続いた。

「二度手間になってすみませんが、遺体を発見した経緯を最初からお話しいただけませんか」

助手席に乗り込んだ棟方が後部座席に半身を向けた。

「最初に遺体に気が付いたのは、家内の方なんです」

パトカーの後部座席右側に座った三十前後の男性が、かすかに困惑した顔つきで言った。銀縁眼鏡を掛けた面長の顔で、七三に分けた髪やボタンダウンのグレーのシャツにスラックスという姿だった。堅い会社に勤めているような印象を受ける。その隣で、丸顔で目の大きな若い女性がうなずく。

「ええ、そうなんですよ」

夫とは対照的に、白いTシャツに七分丈のジーンズ、足元が花柄のサンダルというラフな格好である。どこか高揚した顔つきをしている。他殺体を目撃したことにくわえ、パトカーに乗っていることや、刑事たちからの聞き取りを受けていることに、興奮するのは当然だろう。

「遺体に気が付いた時の状況は？」

棟方の問い掛けに、若い夫婦が互いに顔を見合わせたものの、夫が口を開いた。

「散歩のとき、用心のために懐中電灯を持っていくんですけど、二人で公園を歩きながら、ふざけていたんです」

「ふざけていた？」

「ほら、顎の下から懐中電灯の光を上向きに照らして、お化けだぞ、ってやるじゃないですか。子供っぽくてお恥ずかしいのですが」

ああ、と棟方がうなずく。

目崎は、音を立てずに息を吐いた。目の前の二人は、新婚なのかもしれない。刺殺体と遭遇したというのに、どこか浮ついた気分が漂う。

「それで、妻がふざけて、大げさに藪の方に走り込んだら、躓《つまず》いたんです」

「つまり、遺体に躓いたということですね」

「ええ。もちろん、最初は妻も何に躓いたのか分からないようでしたけど、後から藪に入り込んだ私が、懐中電灯を向けてみて、人が倒れていることに気が付いたんです。だから、もう、びっくりしちゃって」

その隣で、妻が真剣な顔つきでうなずく。

「そのとき、周囲に誰かいませんでしたか」

二人がまたしても顔を見合わせ、夫が言った。

「姿は見かけなかったんですけど、誰かが走り去ってゆくような足音を聞いたんです」

眉間に皺を寄せた棟方が、目崎に顔を向けた。

何か訊けという顔つきではなかったものの、目崎はふいに思い付いて口を開いた。

「その足音を聞いたのは、何時頃のことですか」

「だから、遺体を見つけた直後のことですよ。たぶん、午後八時半過ぎぐらいだったんじゃないでしょうか」

「足音が聞こえた方角は？」

「たぶん、南の方角だと思います」

さらに質問を重ねたものの、これといった証言は得られなかった。

そのとき、パトカーのサイドウィンドウを叩く音がした。目崎と棟方が顔を向けると、相米が立っていた。スイッチを押して、サイドウィンドウを下げる。

「係長の呼集《こしゅう》がかかったぞ」

相米が言った。

「地取りを始めるのか」

かすかに忌々しげな響きを帯びた言葉を発すると、思い直したように棟方が夫婦に顔を向けて言った。

「お手数をおかけしました。また別の捜査員が話をお聞かせ願うかもしれませんが、よろしくお願いします。私らはこれで失礼します」

そう言うと、ドアを開けて外へ出た。

目崎も低頭し、急いで車外へ降り立った。

二

張り渡されたイエローテープの外側に、男たちが集まっていた。

瘦せた男。太った者。長身の背広姿。だが、誰もが強面で、一人としてサラリーマンには見えない。機動捜査隊員と所轄署の私服の捜査員、それに目崎と同じく第三係の刑事たちだった。

　その中心に立っているのは、第三係の係長の宮路信也《みやじしんや》警部である。目崎は、いつもの観察癖から、改めてその容姿をまじまじと見つめてしまう。太い黒縁の四角い眼鏡を掛けた一重の目が鋭く、鰓《えら》の張った顔立ちである。髪の毛が柔らかくて細いのか、ウエーブするように頭に七三に纏わりついている。

「初動の捜査方針は、通り魔、怨恨の線が濃いと思われるが、喧嘩の可能性も捨てきれない。その線で、心して聞き込みに掛かってくれ。いまから区割りをする」

　宮路が声を張り上げて、二人一組の班に、次々と《地取り》の担当地域を振り分けてゆく。遺体の状況や事件現場などを子細に観察して、その場で初動の捜査方針を即決するのは、係長の役目にほかならない。

　その捜査方針に従って、捜査員たちが聞き込みに着手することになるのだ。当然、強盗事件や喧嘩、怨恨による刺殺や通り魔など、想定される事件の種類により、捜査員たちの聞き取りは微妙に異なってくるから、この捜査方針の立て方が、その後の事件解明の成否に直結してくる場合が少なくない。

　周辺の住宅や事業所、店舗などのあらゆる住人、通勤・通学者と面談して、被害者や被疑者、それに不審車両、争う物音や声、不審者、逃走してゆく人間の目撃、遭遇情報などについて聞き取りを行うのが、《地取り》である。

事件が起きたとき、目撃などについての記憶は、せいぜい一週間程度しか当てにはならない、と目崎は教えられていた。だからこそ、《地取り》は、人々の記憶ができるだけ鮮明なうちに開始される。事件発生がたとえ夜間でも、その始動が翌朝に持ち越されることはあり得ない。

所轄の刑事が調達したらしい地図のコピーに、サインペンで区割りが書き込まれており、それを手にした宮路警部が矢継ぎ早に指示を飛ばす。それを待って、所轄署の刑事が、指示を受けた班の一人一人に、新聞のテレビ欄のコピーを配っていく。聞き込みをするときに使うのだ。今夜テレビで何を見ていましたか。そのとき、何か異変に気が付かなかったですか。物音や悲鳴を耳にしたんじゃありませんか、と時間帯の特定と記憶を喚起する材料に使われる。

順番が回ってくるまで、ひどく落ち着かない気持ちで、ハンカチで額の汗を拭いながら、目崎は周囲を見回していた。公園の入口際に、一課長や第三係の管理官である押村《おしむら》警視の姿が見えた。

十八人で全九班、割り当てが終わった班の面々が、五月雨《さみだれ》式に受け持ちの地域に散ってゆく。

「棟方と目崎、おまえたちは、公園南側の三宝寺、道場寺《どうじょうじ》付近を担当しろ。寺の境内は抜け道になりやすいから、要注意だぞ」

宮路が地図のコピーを差し出して、無表情で言い渡した。所轄署の刑事も、すぐにテレビ欄のコピーを手渡そうとした。

するると、棟方がかぶりを振って二枚とも断り、言った。

「私ら、石神井公園駅付近を当たらしてもらいます」

つかの間、その場に沈黙が落ちた。

ただでさえ眼光の鋭い宮路が右目を細めて、棟方を睨みつけている。所轄署の刑事が、困惑した顔つきになっていた。

それでも、我関せずと言わんばかりの顔つきのまま、棟方は右手の小指で耳の穴を穿《ほじ》っている。

「勝手にしろ」

吐き捨てるように言うと、宮路が踵《きびす》を返した。

驚きは、目崎もまったく同様だった。だから、平然と歩き始めた棟方の背中に、彼は思わず声を掛けてしまった。

「棟方さん、どうして石神井公園駅付近なんですか」

捜査実務では、初動捜査の現場の指揮は、係長が執るのが鉄則だ。その命令に従わないのは、どう考えてもおかしいし、何の益にもならない。

だが、目崎の言葉が聞こえなかったかのように、棟方は平然と遠ざかってゆく。

彼は、さらに声を掛けた。

「《地取り》に穴が開くことになってしまいますよ。もしも、そこに重要な目撃者がいたとしたら、やばいじゃないですか」

するとと、背を向けたままの棟方が言い返した。

「穴は、ほかの連中が適当に埋めるさ」

「でも、第一発見者のあの夫婦は、誰かが南の方へ走っていったと証言したじゃないですか。公園南側の三宝寺や道場寺に行けば何か摑めるかもしれませんよ」

「こんな夜中に、寺なんかに行って何の証言が得られるんだ」

足を止めないまま、棟方が言った。

「だったら、せめて、あの夫婦から聞き出した証言を係長に伝えておくべきじゃないですか」

「俺たちのほかに、あの夫婦から聞き取りをした捜査員がもう言ってるだろ」

目崎は押し黙った。確かに、ほかの捜査員がすでに報告しているに違いない。

もはや返す言葉もなく、彼は仕方なくその後に従ったものの、疑念は膨らむばかりだった。宮路警部が垣間見せる、あからさまな棟方への嫌悪。その棟方にしても、宮路の命令に平然と背くような態度を示している。

棟方の横に肩を並べると、その仏頂面《ぶっちょうづら》の横顔に時おり目を向けながら、今年の四月一日に警視庁の建物の前に立ったときのことを、目崎は思い返していた。その日、彼は世田谷署から本庁の捜査一課に異動となったのである。

だが、そこまでの道のりも、決して平坦なものではなかった。一橋大学を卒業後、目崎は警視庁警察官採用試験を受けた。申込書の交付所属は、東京湾岸署。受験資格は、I類。無事に警察官に採用された目崎は、府中市にある警察学校において、初任科生として六か月間の研修を受けた。その後、卒業配置となった世田谷署における三か月の職場実習を経て、再び警察学校における二か月の初任補修教養を修得した後、地域の交番勤務の巡査として警察官の道を歩み始めたのである。

交番スタートの目崎は、任官三年という短期間で昇任試験に合格して巡査部長となり、配属署から毎年一名だけ候補が選ばれる捜査専科に推挙された。そして、《刑事任用科》と《組織犯罪対策任用科》の書類審査に合格し、面接審査と三ケ月の実地講習を経て、講習修了者の中から《司法警察員》、すなわち刑事に選抜されたことに、周囲はさも当然という顔を見せたものだった。誰一人として、表立って口に出す者はいなかったものの、その連中の腹にあるものなら、目崎にも十分過ぎるほど分かっていた。

目崎の伯父、目崎健三《けんぞう》が、現役の警察庁次長だからである。警察庁長官のもとで、警察行政を統括する要職を担う目崎警視監の甥なら、警視庁の上層部が過剰に忖度したとしても、至極当然。そう言いたいに決まっている。

しかし、周りの者たちのそうした無言のわけ知り顔に、目崎は内心で猛烈な反発を覚えていたのだった。だからこそ、交番勤務を始めたときから、物怖《ものお》じを捨てる決意を固めた。夜間、無灯火の自転車に乗った人物と行き会えば、必ず声を掛けること。道ですれ違った人間がほんの少しでも視線を逸らせば、それもまた誰何《すいか》の対象とする。近隣住民への声掛けや、年寄りや主婦との交流にも怠りなかった。一日も早く手柄を立てて、世田谷署の刑事課の課員や、幹部たちの目に留まり、ゆくゆくは刑事になるというのが、彼のかねてからの念願だったからである。

運もまた味方してくれた、と思うこともあった。交番勤務となり、実弾《タタキ》を込めた拳銃を携帯して警戒に当たることが許された二か月後、たまたま近所で強盗事件が発生した。近くの路上で、したたかに酔った初老の男性が二人組の若者に殴られて、財布を奪われるという事件が発生したのだ。

受令機にその連絡が入った途端、《ハコ長》と呼ばれる交番の責任者である巡査部長が、目崎ともう一人の巡査に向かって、現場に急行することを命じた。そして、二人で自転車に跨《また》がって被害者の男性が襲われた現場まで向かっていたとき、向かい側から血相を変えて走ってくる犯人二人の姿が目に入ったのだった。

こちらを見てとると、犯人たちは慌てて二手に分かれて、さらなる逃走を図った。もう一名の巡査が、一方の犯人を追いかけたので、残る一人を目崎が追跡することになった。

　そして、商店街の店舗脇の路上で追いつくと、その背中をめがけて自転車ごと体当たりしたのだった。暴れる若者を組み伏せつつ、帯革と呼ばれる警察官の腰ベルトに装着している署活系無線機で応援を要請するまでは、まさに無我夢中の出来事だった。ほどなく駆けつけてきたパトカーの警察官たちによって、その若者は現行犯逮捕されて、そのまま世田谷署に移送された。

　その後、もう一人の犯人を追跡した巡査が犯人を見失ったことを、目崎は知った。だが、目崎の捕まえた犯人の自供により、後日、その共犯者も逮捕されたのである。結果として、犯人逮捕という初手柄にして、大手柄だった。

　上辺は、ただ職務に熱心なだけの警察官を装っていたものの、自分が頑なな気持ちに凝り固まっていることは、目崎自身も嫌というほど分かっていた。しかし、そこには、それだけの理由があった。

　目崎の母親は、初めての子供であった彼の出産後、体調を崩して亡くなってしまった。さらに、世田谷署の刑事だった父親は、捜査のための聞き込みの最中に家宅侵入犯と鉢合わせして、相手と格闘の末に刺されて殉職した。それは、彼が中学校の一年生の時の出来事だった。

　以来、若い時分に実子を亡くした伯父の目崎健三夫婦に引き取られて、目崎は実子同然に育てられた。伯父夫婦は口やかましいところのない人たちだったので、のびのびと育ったと感じていた。ただし、大学を卒業するにあたり、成績優秀だった目崎に、養父の健三が国家公務員の総合職試験を受けるように勧めてきたとき、彼はきっぱりと固辞したのである。

キャリアになれば、刑事になれない。刑事になれなければ、父親を殺して逃げた犯人の捜査ができない。父親を刺殺した犯人は、その素性も家宅侵入の動機も、何もかもが、いまだに判明していないのだ。

路肩に停められていたトヨタ・クラウンに、棟方が無言で乗り込んだ。

目崎も運転席側のドアを開けて、体を滑り込ませた。イグニッション・キーを回す。車体が振動して、エンジンが掛かった。右ウインカーを点滅させて、バックミラー、サイドミラーの順に後方を確認し、最後に目視で安全を確かめてから、彼はゆっくりと車を発進させた。

ふいに、またしても疑念が頭を擡《もた》げてくるのを感じて、チラリと棟方を見やった。二回りほど年長の先輩刑事は、助手席に背をもたせ掛けて目を瞑っている。

目崎は、音を立てずにため息を吐くと、この春、皇居そばの桜田門の地にその威容を誇る警視庁に登庁したときのことを思い返した。

人事課で手続きを済ました目崎は、捜査一課のある六階へ向かった。エレベータのドアが音もなく開き、勢いよく外へ飛び出した途端、横から歩いてきた制服姿の女性警察官と鉢合わせになり、縺《もつ》れるようにして床に倒れ込んでしまったのだ。

「すみません」

「ごめんなさい」

目崎が声を上げるのと、彼女が謝ったのは同時だった。そして、立ち上がり、互いの顔を目にした途端、

「目崎くん」

「千佳《ちか》じゃないか」

と、再び声が重なった。鉢合わせしたのは、同じ大学の同級生だった葉山《はやま》千佳だ。千佳とは、警察学校も同期だった。

ぶつかった衝撃は軽かった。警視庁の警察官採用Ｉ類の男性に対する身体要件は、身長が《おおむね一メートル六十センチ以上であること》で、体重については、《おおむね四十八キロ以上であること》であるのに対し、女性の場合は、《おおむね一メートル五十四センチ以上であること》《おおむね四十五キロ以上であること》と規定されており、葉山千佳はそのどちらも基準ぎりぎりの小柄なのだ。

短髪に、細く高い鼻梁、形のいい唇、それに二重の大きな目が、驚きの表情を浮かべていた。

「どうしたの」

「なんで、きみがここにいるんだ」

廊下で顔を見合わせたまま、三度、同時に口を開いていた。

「俺は、今日から本庁の一課に異動になったんだ。千佳は、田園調布署の警務課に配属されていたんじゃなかったのか」

目崎の言葉に、千佳がさらに目を瞠《みは》った。

「すごいわね、本庁の一課へ異動なんて。ベテラン刑事でも滅多にないことでしょう。私も、ちょうど、今日から本庁の人事課に異動になったのよ」

「えっ、そうなの？――あっ、いかん、立ち話をしている場合じゃなかった」

そのうちまた、と言い残して、目崎は一課の執務室に小走りに向かった。

「目崎くん――」

背後からの声に、目崎は振り返りたかったがそうはせずに、初めての執務室へと急いだ。

廊下から大部屋の中へ入ると、中央部に内廊下が通っており、強行犯捜査三係から十係までの人員が待機する執務室が右手中央部にあった。その広々とした執務室には、窓際にずらりと管理官のデスクが並んでおり、それらのデスクの前に、百名分を収めるくらいの捜査員用のデスクが列をなして並んでいた。

書き物をしている者もいれば、寄り集まって話し込んでいる人たちもいる。まったく無人の列もあった。だが、ほとんどの机は私物や書類束、それに灰皿などが散らかっており、広い部屋の中に、話し声と鼻をつく整髪料の匂いが籠もっている。

目崎は、配属される第二班の第三係の管理官のデスクを見つけると、捜査員たちの間を縫って近づいた。

デスクにいた浅黒い色の中年男性が顔を上げた。

「新任の目崎敦史巡査部長です。よろしくお願いします」

敬礼して、目崎は言った。

すると、手にしていた書類をデスク上に置いて立ち上がり、男性はかすかに手を上げて答礼した。

「きみが目崎か。私は第三係の管理官の押村誠治《せいじ》警視だ。今日から、うちの一員として頑張ってくれ」

かすかに歯を見せた押村は肩幅が広く、一メートル七十五センチの目崎よりも、いくらか長身だった。顎の尖った、警察官にしては柔和な眼差しをしており、眉が濃く、彫りの深い顔立ちをしている。

「初めてのことばかりだと思いますが、精一杯がんばります」

「いずれ、係の全員に紹介する機会を作るが、とりあえず、きみの指導係は棟方警部補と決めてある。すぐに挨拶しておいてくれ」

　言うと、押村は腰を下ろした。

「了解しました」

　再び敬礼すると、目崎は背後を振り返った。

　どの人が棟方警部補だろう。

　一番近くにいた大柄の男性に、声を掛けた。

「新任の目崎敦史巡査部長です。よろしくお願いします」

　すると、相手が手元のメモから顔を上げ、鋭い目を向けた。

「伯父さんが警察庁のナンバーツーっていうのは、おたくのことか。俺は大黒俊之《おおぐろとしゆき》警部補だ。こっちこそ、よろしく頼むぜ」

　言いながら、立ち上がると、意味ありげな目つきで笑みを浮かべる。厳《いか》つい顔つきに似合わず、ひどく愛想がいい。これもたぶん、伯父の存在が為せる効果だろう。

「大黒警部補、教えていただきたいことがあるんですが」

「ああ、いいよ。何だ？」

「棟方警部補は、どの方でしょうか」

　すると、大黒の顔から笑みが消えた。

「どうして、棟方さんに用があるんだ」

「ただいま、管理官の押村警視に着任のご報告とご挨拶を申し上げましたところ、私の指導係は棟方警部補だと伺いましたので」

途端に、大黒が目崎の肩に手を置き、体を引き寄せて、耳元で囁いた。

「棟方さんが、指導係だと」

不興《ふきょう》げな声で尋ねると、大黒が押村の方をちらと振り返ったものの、すぐに顔を戻し、声を潜めて言った。

「目崎、棟方さんには気を付けた方がいいぞ」

「どういうことですか」

思いがけない言葉に、目崎は顎を引き、言い返した。

「あの人は捜査畑一筋のベテランだが、おたくの前任だった若い刑事が二人も、あいつから散々に冷や水浴びせられて、やる気を失い、一人は異動を願い出たし、もう一人は、警察官そのものを辞めちまった。だから、あそこにいる棟方さんは、《辞めさせデカ》って陰口を叩かれているんだぜ」

そう言いながら、大黒は、並んだデスクの最後尾で、机に突っ伏している小太りの男を、顎でしゃくった。

戸惑いを覚えたものの、目崎は大黒に頭を下げた。

「ありがとうございました」

ていた。

ともかく、挨拶をしなければならない。

混乱したまま、彼は最後尾のデスクに近づいた。棟方は、明らかに寝息を立てている。熊のように大きな背中が、ゆっくりと上下していた。

「あのう――」

恐る恐る、声を掛けてみた。だが、棟方は目を覚まさない。

途方に暮れた思いで、目崎は周囲を見回した。だが、自分の席から心配顔を向けている大黒以外、誰一人として、彼に関心を向ける者はいなかった。

このままでは、まったく埒《らち》が明かない。目崎は大きく息を吸った。そして、警察官の規定に従い、十五度の角度に腰を折り、思い切って大声で言った。

「目崎敦史巡査部長です。今日から一課の第三係に配属となりました。全力で職務に当たる所存ですので、ご指導のほど、何卒よろしくお願い申し上げます」

すると、一瞬、肩を揺らして棟方が何事か呻《うめ》いた。それから、薄《うっす》らと無精髭の生えた顔を上げると、目崎をまじまじと見つめて、言った。

「変わったやつだな。ここの仕事に、直情径行《けいこう》はいらんぞ」

本庁に異動になったという興奮に、さっそく思い切り冷や水を浴びせられたような気持ちになり、目崎には返す言葉がなかった。

そんなことを思い出しながら、富士街道沿いの石神井署を通り過ぎると、西武池袋線の高架が見えてきた。石神井公園駅はもう目と鼻の先だ。

車の揺れに身を任せながら、目崎は再び助手席の棟方に目を向けた。

居眠りして寝息を立てている。

彼は、今度こそ音を立ててため息を吐いた。

三

「髑髏柄の黒のＴシャツ？」

厨房横の狭い通路で、黄色の派手な制服にピンクのエプロンをした若い女性が、しなを作るように小首を傾《かし》げながらも、大声で言った。店内にはＡＫＢ48の《ジャーバージャ》が耳を聾《ろう》する大音量で流れている。

「ああ、そうだ。二十代くらいで、痩せ形の男さ。髪は茶髪で、整髪料で逆立てたような髪型だ」

棟方も声を大きくして言うと、相手が口元に手を当てて、笑いを浮かべた。

「それって、ワックスのことじゃない？」

「ああ、それそれ、そのワックスだ。両耳にピアスをしている。――たぶん、一人で来店したと思うんだがな」

肩を竦《すく》めかけた彼女が、トレイを下げに来た別の女の子に気が付くと、そっちに顔を向けて大声で言った。

「ねえ、まゆ子、髑髏柄の黒Tの客って、今夜来た？」

「えっ、知らなーい」

声を掛けられた同じ制服の女性が、素っ気なく首を振ると、そのまま厨房に入ってしまった。

「たぶん来なかったんじゃない？　今夜のホール担当は、うちら二人だけだから、間違いないと思うな」

女性が両の掌《てのひら》を上に向けて言うと、棟方はかすかに頭を下げ、

「お仕事中、手間を取らせて悪かったね。――行くぞ」

と、目崎に顎をしゃくった。

店の裏口を出ると、二人は人の行き交う狭い路地を歩き始めた。

小太りで背の低い棟方と並んで歩きながら、目崎にも、この先輩が聞き込みを掛けている店の条件がおぼろげながら分かってきた。チェーン店で、客単価がせいぜい三千円止まりの店。聞き込みの相手は、若い女性従業員のみ。

だが、被害者の何から、そんな条件が導き出されたのだろう。目崎がさっきから何度

も物問いたげな顔つきをしても、棟方はまったく無視している。大黒の口にしていた《辞めさせデカ》という言葉が耳に甦ってくる。

「今度は、ここだ」

不意に立ち止まった棟方が、またしても顎をしゃくった。けばけばしい電飾看板の横の路地に、足を踏み入れる。

目崎も渋々とその後に従った。またしても、チェーン店の飲み屋だった。


「ああ、そういうのなら、確かに来たよ」

女性が、目を大きくして言った。頭からごっそりと白い灰でも被ったみたいな、アッシュグレーに染めた短髪、アイプチで作ったとしか思えないくっきりとした二重に濃いアイライン、派手なピンク色のリップグロス、頬がチークでほんのり淡いオレンジ色に染まっている。

そのうえ、ここの女性店員たちは、丈のうんと短い着物のような制服姿で、酒屋のような紺色の前掛けを締めている。和風テイストを売りにしているのだろう。

「茶色の逆立った髪型、両耳にピアス、痩せ形、それに間違いないね」

目の前の女性の容貌にまったく無関心な様子で、棟方が念を押した。

「そうそう、そいつ、しつこくて、カマキリみたいなやつなのに、《オレ、いけてない？》みたいな勘違い男でさ。だけど、一応は客だから、うちも作り笑いでやり過ごしたんだけど。でも、目当ては私じゃなくて、ま、な、み」

彼女が、同僚らしき女性の名前を区切って強調した。

「まなみさん？」

「そうよ。先月くらいからかな。二日に一度は来店して、ゴハン行こうとか、飲みに行こうとか、いつもしつこく言い寄ってくるって、すごく嫌がっているもの。めっちゃキモイって」

「そのまなみさん、今日は？」

「今日はシフト入っていないから、来てないよ。だから、カマキリはがっかりして、三十分もいなくて、すぐに帰っちゃった」

「その男が来店したのは、何時くらいかな」

「うーん、あんまりはっきりしないけど、団体の客が立て込んできて、ホールが私ともう一人だけだったんで、てんてこ舞いしてた頃だから、たぶん、七時半過ぎだったと思うな」

「だったら、店を出て行ったのは、だいたい午後八時頃と考えていいね」

「たぶんね」

「店長さんを呼んでもらってもいいかな」

「いいよ。だったら、私はもういいのね」

「ああ、ありがとう。とても参考になったよ」

棟方が猫背気味に頭を下げると、アッシュグレーの髪の若い女性は、手をヒラヒラと振って離れていった。

その大人をどこか舐めた態度や、父親くらいの棟方に平然とため口を利いたことに、目崎は心底からうんざりした気分になっていた。だが、当の棟方はまったく無頓着な顔をしているのが、意外だった。


「杉田浩二《すぎたこうじ》でしょう」

棟方が深夜の来訪を詫びると、三十センチほど開いたドアの奥の玄関の上がり框《かまち》で、池戸《いけど》まなみが言った。

体の線をくっきりと浮かび上がらせたピンク色のタンクトップ、白のショートパンツ、剝き出しの素足、すっぴんの顔。

「杉田浩二？　おたくに執拗に言い寄っていた男性客は、そういう名前なんだね」

手帳に書き込みながら、棟方が念を押した。

六軒目に聞き込みをした飲み屋で、黒Tシャツの男が今夜来店したことや、目の前の池戸まなみに入れ込んでいることを知り、店長からこのワンルームマンションの住所を聞き出したのである。場所は、石神井公園駅から二駅離れた富士見台駅の北方五百メートルほどの位置にある。大学三年生の池田まなみは、ここで一人暮らしをしている。念のために、店長から事前に池戸まなみに電話を入れてもらっていたので、話は早かった。

「ええ、そう言ってたけど——ちょっと待ってて。あいつから無理やり渡されたカード、まだ捨ててなかったと思うから」

そう言うと、池戸まなみは狭い廊下の奥の部屋に引っ込んだ。

目崎は、玄関廻りを見回した。玄関の三和土《たたき》に、スニーカーが一組置かれているだけで、ほかに靴はない。玄関横の靴箱の上に置かれた花瓶に、造花のチューリップが生けられている。玄関マットは、子供にも人気のキャラクターである《うさまる》の柄だった。

三分ほどで、彼女は奥から戻ってきた。そして、水色の名刺のようなものを差し出した。棟方がそれを受け取った。

《杉田浩二　練馬区石神井台二——》

氏名と住所、それにメールアドレスが活字で記されている。棟方がそのカードをひっくり返すと、別の電話番号が走り書きしてあった。

するとと、池戸まなみが慌てて言い添えた。

「あっ、それって、関係ないから。そのカードは、連絡をくれって杉田浩二から無理やり渡されたんだけど、でも、誰があんな男なんかに連絡するかって。で、ゴミ箱へ直行と思ったときに、別のちょっと感じのいい男の人から、電話番号を教えられたんで、メモ用紙代わりに使ったの」

「なるほど。この杉田浩二さん、ほかに何か話していなかったですかね」

棟方の質問に、池戸まなみが肩を竦めた。

「そうね、ボルダリングをやっているなんて、自慢げに喋っていたけど」

棟方が、ふいに目崎に顔を向けた。

「おい、ボルダリングってのは、いったい何だ？」

いきなりの質問で一瞬言葉に詰まったものの、目崎は説明した。

「それは、つまり、ハーケンとかザイルといった道具を一切使わずに、素手やシューズだけで、岩壁を登るスポーツの一種ですよ」

その返答に、まったく理解しがたいという様子で首を傾げたものの、棟方はまた池戸まなみに顔を向けた。

「ほかには、何か言っていませんでしたか」

「うーんと、キックボクシングも齧《かじ》っているって話してたけど、たぶん、全部嘘でしょ」

「嘘？」

池戸まなみが大きくうなずく。

「だって、肩幅超狭いし、筋肉とかからっきしないもん。――あの人、何かしちゃったんですか？」

疑うような目つきで、彼女が言った。

当然かもしれない。こんな夜分に、刑事が二人も雁首《がんくび》を揃えて聞き込みに来たのだから。

だが、棟方は途端に黙り込むと、またしても目崎に顔を向けて、顎をしゃくった。おまえが答えろ、という顔つきだ。

つかの間、彼は躊躇《ためら》ったものの、

「実は、今夜、お亡くなりになりまして――」

と、口ごもりながら言うだけで精一杯だった。

「え⁉　うそ――」

池戸まなみが黙り込み、顔つきを強張らせた。

こんなときだけ、役目を押し付けて、まったく――

音を立てずに息を吐き、目崎はちらりと棟方を睨んだ。

それを完全に無視して、棟方が言った。

「杉田浩二さんは、仕事について何か話していませんでしたかね」

「——別にしていなかったな。でも、それほどがつがつしていない感じだったけど。凄い時計を見せびらかしていたし」

「フランクミュラーだね」

「そうそう。あれって、どんなに安くても四、五十万くらいはするんでしょ。全然お金持ちに見えないのにね」

その後、二、三の質問を重ねたものの、それ以上の実のある答えは返ってこなかった。棟方は池戸まなみに改めて深夜の来訪を詫びて礼を述べると、目崎に顎をしゃくって辞した。

「棟方さんは、どうして、杉田浩二が石神井公園駅近くの飲み屋に通っていると読んだんですか」

今夜急遽《きゅうきょ》、特別捜査本部が設置されることになった石神井署に向かいながら、覆面パトカーの中で、目崎は質問を口にした。異動後、すでに四か月が経過したにもかかわらず、棟方は一課の刑事の手法について、何一つ講釈しようとしないのだ。内心の不満が鬱積《うっせき》していた。

「そんなことくらい、自分の頭で考えろ」

案の定、《辞めさせデカ》らしく、棟方は顔も向けずに言った。

目崎は大きく息を吸った。だが、今回ばかりは、収まりのつかない気持ちになっていた。組織から完全に浮いた棟方の態度には、きっと何か理由があるはずだ。

「棟方さんの趣味は、何ですか」

彼はさりげなく言った。捜査に直《じか》に関係のないことなら、少しくらい胸襟《きょうきん》を開くかもしれない。

「おまえさん、何で、そんなことを知りたがる」

「それは、つまり、一緒に捜査をする方の人となりくらい知っておかなければ、まずいと思ったからですよ」

テレビドラマにありがちの刑事の《バディもの》を思い浮かべながら、目崎は言い返した。

「趣味なんて、あるわけがないだろう。――まあ、強いて挙げれば、酒を飲むことくらいだな」

「飲まれるのは、ビールですか。それとも、もっと強い日本酒とか焼酎派ですか」

「ビールだ、一年中」

「アサヒですか、それともキリン？」

「サッポロの黒ラベルに決まってるだろうが」

間髪容れず、棟方が言い返した。

「えっ、どうして、サッポロの黒ラベルに決まっているんですか？」

棟方はかすかに躊躇うような顔つきになったものの、渋々という感じで口を開いた。

「どうしてって、グラスに注ぐのに、ビール瓶を手にすれば、どうなるよ」

目崎は意味が分からなかった。

「さあ、グラスにビールが注がれてゆくだけじゃないですか」

「馬鹿か」

「えっ」

「星を挙げることになるだろうが」

つかの間、棟方が何を言わんとしているのか、まったく分からなかった。が、次の瞬間、サッポロビールの黒ラベルは、《星》がトレードマークだったことを思い出した。

いまのは、オヤジギャグだったのか――

意外な答えに笑いを堪《こら》えて、目崎はさらに続けた。

「本は読まれますか」

「本だと――」

「ええ、司馬遼太郎とか、松本清張とか、あるいは、池波正太郎や藤沢周平とか、棟方さんくらいの年齢なら、そんなところじゃないかと思ったんですけど。それとも、意外に、純文学だったりして」

「そんな面倒くさいもの、読んでる暇がどこにあるんだ」

「だったら、プロ野球は、どこのチームが贔屓《ひいき》ですか」

矢継ぎ早の質問に、とうとう棟方がうんざりした顔つきになった。

「そういうおまえさんの趣味は、いったい何なんだよ」

本当はどうでもいいという顔つきで、面倒くさそうに言った。

「私ですか。趣味は《プレイステーション・フォー》ですけど」

はぁ、と棟方が戸惑うような表情を浮かべた。

「その、ぷれいすて何とかっていうのは、いったい何だよ」

「あれっ、ご存じじゃありませんか、ソニーのゲーム機ですよ。私はパソコンを含めて、その手のものが大好きなんです。一番好きなゲームソフトは、何といっても《ザ・ラスト・オブ・アス》かな。あれはまったく最高ですよ。もっとも、刑事になってから、あまりやっていませんけど」

目崎の言葉に、棟方が別世界の人間を見るような顔つきになった。

「まったく聞いたこともねえな。俺が知っているゲームと言えば、せいぜい《人生ゲーム》だ。おまえさんだって、やったことがあるだろう」

「ずっと昔に流行ったボードゲームでしょう。名前は知っていますけど、やったことは一度もないです」

「ずっと昔で、悪かったな」

覆面パトカーの中に、沈黙が落ちた。

嚙み合わない会話に、それ以上のやり取りの意欲を失ったのは、目崎だけではなかったらしい。

四

石神井公園内の雑木林で刺殺された被害者、杉田浩二の自宅アパート、松葉荘《まつばそう》は公園から西に徒歩で二分ほどの場所にあった。

目崎は、早朝から棟方を含めた三名の捜査員と、三名の鑑識課員とともに、そのアパートの家宅捜索に当たっていた。

昨晩、午後十一時過ぎから始まった最初の捜査会議において、被害者の素性と自宅住所を探り当てた棟方が、管理官の押村によって家宅捜索の一員に指名されたのである。

そのとき、係長の宮路があからさまに不快な顔つきを浮かべるのを、目崎は見逃さなかった。警察も組織である以上、馬の合う人間ばかりではないことは、人生経験がさして多くなくても、目崎にも分かっているつもりだった。しかし、昨日の《地取り》において、宮路係長が指示した割り当てに、棟方が平然と楯突いたことが、まだ気に掛かっていた。両者の反目には、単に虫が好かないという以上の何か特別な理由でもあるのだろうか。家宅捜索の手を動かしながら、目崎は胸の裡《うち》にモヤモヤした気持ちを感じていた。

通常、特別捜査本部が立ち上げられた場合、本庁の捜査一課の捜査員と、所轄署の刑事課の捜査員が、二人で一組を構成するというのが常道だが、一課に異動後間もない目崎は、そのまま棟方とペアを組むことになっていた。家宅捜索に当たる棟方以外の捜査員は、大黒と相米である。

杉田浩二が住んでいたアパートは、古い木造モルタル二階建てで、その二階の左端の部屋が、彼の住まいだった。間取りは、六畳の居間に四畳半の台所、それに、トイレと風呂場が一体になったユニットバスというものだった。アパート一階の郵便受けのそばには、杉田が所持する原付も置かれていた。そのことを話してくれたこのアパートの大家の初老の小柄な男性が、家宅捜索に立ち会っている。

ベランダに面したサッシ際に、シングルベッドが置かれていて、そこに布団や枕が乱雑に積み上げられていた。ベッドの手前に、ローテーブルが少し斜めにずれたように設置されており、食べ終わったカップ麵のカップ、スナック菓子の袋、吸い殻が小山をなした灰皿、セブンスターの箱と百円ライター、サングラス、漫画雑誌と携帯電話の充電器などが、雑然と放置されている。

絨毯《じゆうたん》の敷かれた床にも、下着類やコンビニのビニール袋、丸められた夥《おびただ》しいティッシュ、空になったペットボトルやビールの空き缶などが無数に転がっていた。

棟方を含めた捜査員たちは、押し入れや整理ボックスに入っている品々や、本や雑誌はむろんのこと、ゴミ箱の中の物まで確認を続けていく。事件を誘発した可能性のある物品や、悶着《もんちやく》を窺わせる手紙類などを探すことを始めとして、杉田浩二自身が何らかの違法な品に手を出したり、不正行為に関わったりしている可能性も無視し得ない。

「それにしても、やたらと散らかっていますね」

家宅捜索を続けながら、目崎は六畳間を見回すと、大家にも目を向けた。ブルーのダンガリーシャツに茶色のスラックスというなりの大家は、部屋の惨状を目にして、情けなさそうな顔つきになっている。

白手袋を嵌めた手で雑誌を捲《めく》っていた大黒が、チラリと顔を向けた。

「若い男やもめの暮らしなんてものは、たいてい、こんなもんさ。——ときに目崎、おたくも一人暮らしなのか？」

「いいえ、実家から通勤しています」

その言葉に、大黒が意味ありげな笑みを浮かべた。

「次長殿のお屋敷は、どちらなんだよ」

一瞬、目崎は返答に窮した。ここで本当のことを話せば、絶対に嫌味に聞こえるに決まっているのだ。だが、こちらの返事を待っている大黒の顔つきに負けて、彼はため息を吐くと、渋々と口を開いた。

「白金《しろかね》です」

途端に、大黒が呆れたような苦笑いを浮かべ、やっていられないと言わんばかりに、無言のまま首を振る。

やっぱり、言わなければ良かった。そう思いながら、空気を変えるつもりで、目崎は周囲を見やった。台所との境の壁には、組み立て式の安っぽい整理ボックスが並んでおり、雑誌やらＤＶＤ、際どいポーズの半裸のフィギュアが並んでいて、そのボックスの上に、十四インチの薄型テレビが埃に塗《まみ》れていた。下の段に、ＤＶＤプレイヤーが設置されている。

別の捜査員が、ＤＶＤのケースを開けて、中身を一枚ずつ丁寧に調べている。刺激的なタイトルやケースの表紙の写真からして、どれもいかがわしい内容であることは一目瞭然だった。

目崎は、台所に足を踏み入れた。ここもまた、住人の野放図《のほうず》さを嫌というほど雄弁に物語っていた。洗い桶に皿や箸、それにコップが投げ込まれたままになっており、小さな茶バネゴキブリが走ったのが目に留まった。そばのゴミ箱に、カップ焼きそばの箱や、インスタントラーメンの袋が大量に詰まっていた。

目崎は大きくため息を吐くと、ゴミ箱を調べ始めた。今頃、現場周辺の《地取り》が手分けして継続されているだろう。同時に、杉田浩二名義の携帯電話の交信記録を確認するために、ほかの班が通信会社に向かっているはずだ。市役所に回った班は、《捜査関係事項照会書》によって、杉田浩二の住民票を請求し、彼の人となりや人間関係の調査に取り掛かっているに違いない。そこから被害者の暮らしぶりや仕事ぶり、さらに利害関係や悶着、他人との軋轢《あつれき》など、事件が起きた動機を浮かび上がらせるのだ。それが、《鑑《かん》取《ど》り》である。

目崎はしゃがみ込んで、台所のコンロの下の収納スペースを調べていた。ふと身を起こして、六畳間を見やると、どこにも棟方の姿がなかった。

「棟方さんは、どちらに？」

「さっき、俺たちに何も言わないで、玄関から出ていったぜ」

かすかに不興げな顔つきで、大黒が吐き捨てるように言った。

目崎は息を止めた。胸の裡《うち》に、棟方に対する憤懣《ふんまん》が膨らんでくる。確かに、ベテランの棟方に比べれば、自分など足手まといの新米に過ぎない。しかし、捜査は常に二人一組で行動するものと教え込まれていた。聞き込みに当たっては、相手に対する質問が多角的になるし、聞き漏らしを防ぐことに繫がる。単独行動の場合に予想される捜査員自身の身の危険も、かなりの低減が期待できる。だが、何よりも、足で稼ぐことが基本のこの仕事において、果てしのない無駄足からくる徒労感も、二人が互いに鼓舞《こぶ》し合うことでこそ乗り切れるのではないか。

「おまえさんも、とっくに感づいていると思うが、係長の宮路さんは、棟方さんを毛嫌いしているぜ」

大黒が囁き声で言った。

目崎はうなずく。

「ええ、どうやら、そのようですね」

「つまりだな、棟方さんと組むと、せっかく捜査一課に来たのに、これまでの奴のように刑事を辞めることになるか、よくて左遷だぞ」

「左遷？」

「押村管理官の目の届かないところで、宮路係長は空振りと分かっている捜査を、棟方さんに押し付けようとするからさ」

「どうしてですか」

「あの男が自分の指示に従わずに、勝手なことばかりするからだ。たぶん、仕返しのつもりなんだろうな。ところが、その仕返しに対してすら、棟方さんは平然と反抗する。その悪循環の繰り返しってわけさ」

目崎は、昨晩の《地取り》のことを思い浮かべた。

《棟方、目崎、おまえたちは、公園南側の三宝寺、道場寺付近を担当しろ。寺の境内は抜け道になりやすいから、要注意だぞ》

宮路警部は、ほかの班よりもはるかに広い区割りを棟方と自分に割り当てていた。

目崎は立ち上がった。

「どうした」

大黒が、彼の顔つきを目にして言った。

「ちょっと、棟方さんを捜してきます」

言うと、彼は玄関に向かった。外に出ると、アパートの外廊下があり、左隣の部屋のドアが半開きになっており、その玄関戸の陰から棟方の丸い背中が覗いていた。

「棟方さん――」

今回ばかりは、絶対に何か言わずにはおかないという気持ちで、目崎は声を掛けながら近づいた。

だが、棟方はこちらに振り返ることなく、ドアの向こう側で言った。

「――働いていなかった?」

「ええ、たぶん、そうだと思いますけど」

玄関戸を避けるようにして回り込むと、玄関に立っている若い女性と目が合った。

目崎が思わず低頭すると、相手も同じように頭を下げた。

だが、依然として棟方は彼の存在を無視したかのように、執務手帳を手にしたまま質問を続けた。

「どうして、そう思われるんですか」

「だって、定時に出掛けてゆく様子もないし、それに——」

目崎と目を合わせたまま、彼女が言いよどんだ。肩まで伸びたストレートヘア、茶縁の眼鏡を掛けた丸顔で、赤いTシャツにストレートのジーンズ、足元は裸足《はだし》だ。化粧っけはないものの、大人っぽい顔立ちをしている。こんな時間帯に在宅しているのは、出勤前だからなのか。それとも、大学生かもしれない。

「それに、何ですか」

「真夜中まで、テレビの音がうるさいから——」

かすかに頬を赤らめて、彼女が言葉を濁した。

目崎は、ふいにその理由に思い当たった。たぶん、杉田浩二がアダルトDVDを深夜まで視聴していて、その音声が薄い壁越しに聞こえるのだろう。

そう考えていると、棟方がいきなり振り返って、目崎と目を合わせた。

「おい、若者、どう思う」

突然訊かれて、つかの間、返答に窮した。だが、目崎はすぐに思い直して言った。

「杉田浩二は、フリーターだったのかもしれませんよ」

「フリーターか」

「ええ、不定期でアルバイトしているだけなら、定時に出勤しないでしょうし、夜更かししても、別に不都合はないじゃないですか」

だが、何も答えずに、棟方が女性に顔を戻した。

「お隣の杉田さんのところに、訪ねてくる人はいませんでしたか。友人とか、若い女性とか」

目の前の女性が肩を竦めた。

「私の知る限りでは、誰も訪ねてきたことはありませんけど」

「家族みたいな感じの人もですか」

「ええ」

「ちなみに、ここのお家賃は、いかほどですかね」

棟方の不躾《ぶしつけ》な質問に、戸惑った顔つきになったものの、彼女が言った。

「六万五千円ですけど」

「外出するところを見かけたことは？」

「ああ、それならいっぱいあります。よく夜に出掛けていました」

「何時頃が多いですか？」

「えーと、午後七時過ぎくらいが多いかな。昨日も、確か、その頃に出掛けていきましたよ。このアパートは壁が薄いから、音ですぐに分かるんです」

目崎は、途中から書き始めた執務手帳のメモの手を止めた。石神井公園駅近くの飲み屋の店員と、池戸まなみから聞き出した証言と一致している。だが待て、と別の疑念が頭を擡《もた》げた。杉田浩二が足繁く通っていた店は、決して高級な飲み屋とはいえないだろう。しかし、髪をアッシュグレーに染めた女性従業員の証言が事実なら、先月くらいから二日に一度というペースで通えば、それなりに金もかかるだろうし、ここの決して安くない家賃の支払いもあるのだ。杉田浩二は、親から仕送りでも受けていたのだろうか。

棟方が再び振り返ると、顎をしゃくった。

はっ、と目崎は小首を傾げた。次の刹那、おまえが何か訊け、という目つきだと思い当たり、慌てて考えを巡らせたものの、何も思いつかない。一瞬にして全身に汗が噴き出してくる。と、一つだけ思い付き、口を開いた。

「杉田さんがこちらに引っ越してきたのは、いつ頃でしたか」

杉田浩二が池戸まなみに目をつけて、彼女がアルバイトをしている店に通い始めたのは、先月くらいからという事実によって、思いついた質問だった。

「ひと月ほど前だと思います。挨拶はありませんでしたけど、その頃、引っ越しの荷物を運び込んでいるのを見かけましたから」

目崎は、棟方に目を向けた。

棟方が、かすかに眉を持ち上げた。

まあまあだな、とそう言いたいのか——

それから、棟方が二、三の質問をしたものの、それ以上の収穫はなかった。

「お手数をおかけしました」

棟方が頭を下げた。

目崎もそれに倣《なら》い、二人揃ってドアの前を離れた。

ドアが閉まったところで前を歩いている棟方に、目崎は思い切って声を掛けようとした。その刹那《せつな》、背広の内ポケットでスマートフォンが鳴動した。彼は立ち止まり、スマートフォンを取り出し、着信画面の表示に目を向けた。

「係長からですよ」

目崎が言うと、足を止めて振り返っていた棟方が渋い顔つきになった。宮路が棟方にではなく、わざと目崎に連絡を入れたことを、苦々しく思っているのかもしれない。

「はい、目崎です」

スマートフォンを耳に当てて、目崎は言った。

《宮路だ。家宅捜索の方は、どんな塩梅《あんばい》だ》

「事件に繋がるようなものは、まだ何も見つかっていません。ただし、いまさっき、隣家の住人の女性から聞き取りをしたところ、被害者は、夜分にかなり頻繁に外出していたそうです。昨晩も同様で、午後七時過ぎに家を出たとのことで、飲み屋の女性従業員や、その同僚の池戸まなみという女性から聞き取りした内容とも合致しています――」

そう言うと、目崎は隣家の女性から聞き込んだ内容をさらに説明した。杉田浩二が定職に就いていなかったらしいこと。来客を見かけたことがなかったという点。そして、現在のアパートに引っ越してきたのが、ひと月ほど前だったことを伝えると、さらに言い添えた。

「――棟方警部補が隣家の住人から聞き出したことなんですが、ここの家賃は六万五千円だそうです。そのうえ、頻繁に飲み屋に通っていたとなれば、それなりの出費だと思われます。定職に就いている気配のなかった杉田浩二が、どこからそんな金を得ていたのか、いささか気になります」

《なるほど、いい目のつけどころだ。――実は、たったいま科捜研《かそうけん》から、被害者について連絡があった》

「科捜研から？」

《そうだ。杉田浩二は偽名で、本名は野島啓二《のじまけいじ》と判明したそうだ》

「えっ、偽名？」

《科捜研のＦＩＳのデータベースに、被害者の十指指紋が残されていた》
目崎は息を呑んだ。ＦＩＳとは、《指紋自動識別システム》のことである。このシステムを用いれば、検挙歴のある人物の指紋と新たに検出された指紋の照合に、わずか十五秒ほどしかかからない。
「前歴があったということでしょうか」
《いいや、違う。前科だ》

五

捜査会議は午後十時から始まった。

「被害者の野島啓二は、平成三年五月二十一日生まれで、満十七歳のときに未成年の少女――氏名は田神真理《たがみまり》、当時十六歳――を強姦した挙げ句に、首を絞めて殺害して、遺体を遺棄しました――」

ＦＩＳのデータベースに残されていた野島啓二についての記録の報告が続いていた。

講堂の正面に、上層部用の雛壇が設《もう》けられており、本庁から駆けつけて来た捜査一課長、理事官、管理官、刑事指導官、そして、丸い金色のバッジを右胸に付けたこの警察署の若い署長と刑事課長が居並んでいる。

その雛壇に向かって、二つの長机が横付けで並べられており、それが後方に向かって何列も続き、そこに捜査員たちがずらりと座っていた。その中に身を置く目崎も、こうした光景にようやく慣れてきた自分を感じている。棟方の隣の席で、彼は報告の内容を手帳に記しながら、今回の事件が単純な殺人ではない可能性に思いを馳せていた。報告を続ける声以外、水を打ったように静まり返っている他の捜査員たちの沈黙もまた、彼と同じような内心の驚きを物語っているように思われる。家宅捜索とアパート周辺での聞き込みについては、いまさっき、大黒と棟方が報告したところだった。

「――その事件当時、未成年でしたが、家庭裁判所で審判が行われた結果、事件の凶悪性に鑑みて、検察への逆送が相当であると判断されて、検察官により起訴されました。その結果、最終的に最高裁で有罪判決を受けて服役しました。そして、今年の一月に川越《かわごえ》の少年刑務所を出所したことまでは確認されております」

捜査員が報告を終えると、たちまち講堂内にざわめきが広がった。

未成年者に対する強姦殺人および死体遺棄。

被害者にこれほどの前科があることは、殺人事件に接し慣れた捜査員たちにとってすら、衝撃的だったのだろう。当然、今回の殺人事件と、過去のその出来事との接点についての調べが行われることになることはまず間違いないだろう、と目崎は思った。

「次、検視について、報告――」

係長の宮路の声が響いた。

「報告します」

声とともに、最前列の捜査員が立ち上がると、同時に講堂内の照明がふいに落ちて、正面の大スクリーンに、現場で撮影された写真が大写しになった。

「被害者である野島啓二の死亡は外因死で、その原因の部位性状については、背面部左右の脇腹に刺突傷《しとつしょう》が認められ、右刺突傷は、長さ四・五センチ、深さ四・八センチに及び、被害者の斜め右後方から、やや掬い上げる形で突き刺されたものと推定されています――」

検視の内容の説明が続く中で、正面の大スクリーンに、被害者の遺体が様々な角度で映し出されてゆく。うつ伏せになった全身像。目を閉じた横顔。顔の正面。背中の二か所の傷の大写し。周囲の雑木林。地面に残された血筋。

「――さらに、左刺突傷は、長さ四・五センチ、深さ十・一センチの身体深部にまで及んでおり、背面脇にかなりの力で刺突されたものと推定されています。また、この刺突により、下行結腸及び腸間膜が断裂を引き起こしました。その他、遺体には防御創や打撲痕は見当たりません。死亡原因は、下行結腸及び腸間膜断裂による出血死。死亡日時は、平成三十年八月十六日、午後八時頃から遺体の第一発見者の視認による午後八時半頃の間。成傷器《せいしょうき》は、創傷及び内部組織の観察から、幅四・五センチ、刃渡り十五センチ以上の出刃包丁様の凶器と推定されています。その他の所見は特になく、中毒物質については、現在検査中です。以上」

報告が終わると、大スクリーンへの写真の投影が消えて、講堂内の照明が灯り、咳払いやざわめきが広がった。

「次、遺体の本人確認について、被害者の親族の反応は？」

宮路が声を張り上げた。

「はい」

声とともに、講堂の後方にいた捜査員が椅子から立ち上がった。講堂内を埋め尽くした捜査員たちの視線が、一斉にその方向に向けられる。その男が口を開いた。

「今朝一番で、町田市に住んでいる母親の野島初子《はつこ》と連絡が取れました。ちなみに、通信会社に対して、野島啓二の通信記録の照会を依頼したところ、一か月ほど前にあたる七月十六日に携帯電話の新規登録を行うと同時に、頻繁に電話をかけている番号が浮上しました。その番号を確認したところ、野島初子の住む実家と判明した次第です。ちなみに、住所は、《東京都町田市高ヶ坂《こがさか》二――》。こちらからの連絡を受けて、今日の昼前に野島初子が本署に駆けつけ、霊安室において遺体と対面し、息子の啓二であることを確認いたしました」

「野島初子は、どんな様子でしたか」

ほかの捜査員から質問が飛んだ。

報告する捜査員は渋い表情を浮かべた。それから口を開いた。

「一目見るなり、遺体に取りすがって号泣しておりました。そんな状況でしたから、なかなか聞き取りができなかったものの、二時間ほどして、やや落ち着きを見せましたので、別室で聞き取りを致しました。その結果、今年の一月に少年刑務所を出所した後、方々《ほうぼう》の知り合いに当たって探した末に、ようやく受け入れてくれる仕事先が見つかり、実家から離れて住み込みで仕事をしていたとのことです。ところが、ひと月ほど前、そこを辞めてしまい、現住所に移ったという点までは聞き出しましたが、身辺捜査はこれからが本番という段階です」

「殺害された原因について、母親に心当たりはありませんか」

別の捜査員が口を挟んだ。

「その点については、真っ先に問い質《ただ》しました。しかし、出所後は真面目にやっていたし、人様から刺される理由など、思い当たらないと話していました」

「おい、野島啓二はしょっちゅう夜遊びしていたんだぞ。仕事を辞めたのなら、母親は仕送りをしていたのか」

宮路が口を挟んだ。

「そのことも確認してみましたが、家計が苦しく、とても仕送りなどできる状態ではないということでした」

その言葉に、またしても講堂内にざわめきが湧き上がった。高級時計の所持や、夜遊びの状況と、そぐわないことばかりだ。

「家族構成は？」

「実家は、母親と二歳年上の姉の二人暮らしです」

「父親はどうした」

「亡くなったとのことです」

「亡くなったのはいつだ、死因は？」

畳み掛けるように、宮路が質問する。

「父親が亡くなったのは、平成十三年の十一月四日で、死因は交通事故でした。都内を営業車で走行中に、トラックと正面衝突したとのことです。職業は、住宅販売会社の営業でした」

「事故の相手は生きてるのか。過失はどっちにあったんだ」

答えに窮したように、捜査員は黙り込んでしまった。

「おまえは、刑事をいったい何年やっているんだ。そんな基本的なことを訊き漏らしやがって」

宮路の叱責が飛び、講堂内が水を打ったように静まり返った。本庁の一課が乗り込んできて立ち上げられる特別捜査本部の捜査会議では、このように曖昧な報告や聞き取りの抜けがあると、文字通り容赦なくこき下ろされることを目崎は初めて目の当たりにした。

答えに窮した捜査員の表情に、抜かったという悔しさが滲んでいた。目崎は、世田谷署の刑事課時代の捜査会議を思い返した。まず見られなかった光景である。だからこそ、新米にとって、一課の捜査会議は文字通り針の筵《むしろ》にほかならず、頻繁には殺人事件を扱わない所轄署の捜査員たちも、たぶん同じ気持ちなのではないか。

だが、すぐに別の問題に、目崎は意識を無理やり切り替えた。定職にも就かず、親からの仕送りも受けていなかったとしたら、野島啓二は、いったいどこから生活費や飲み屋に入り浸《びた》る金を得ていたのだろう。まして、アパートを借りるには、家賃以外に敷金や礼金も必要なところが多いし、引っ越しの費用もばかにならない。一月に出所して、七月に仕事を辞めてしまったのなら、勤めていたのは最長で六か月ほどということになる。とても贅沢ができるほどの金が貯まる期間ではない。手帳の余白に、《野島啓二の収入源》という文字を書き、それを二重丸で囲んだ。

「野島啓二が仕事を辞めた理由は、分かっているんですか」

別の捜査員から質問が飛んだ。

「いいえ、野島初子は勤め先の方から電話をもらって、仕事先を辞めてしまったことを知ったそうです。理由も言わずに辞められて、相手がかなり腹を立てていたということも話していました。野島啓二から電話が入ったのは、その直後のことだったそうです」

汚名返上のチャンスとばかりに、捜査員が素早く答えた。

「そのときに、野島初子は、仕事を辞めた理由を訊かなかったのか」

「問い質したものの、答えなかったそうです。そのくせ、アパートを借りたいから、保証人になってくれと泣きつかれたと言っていました」

「それが、石神井公園近くのアパートか」

「そうです」

「質問があります」

後方の捜査員が手を挙げた。

「何だ、言ってみろ」

宮路が顔を向けた。

「どうして、野島啓二は石神井公園の近くを選んだのでしょうか。その点、野島初子は何か言っていましたか」

その言葉に、報告する捜査員が答えた。

「むろん、私もその点が気になって訊きましたが、理由は分からないとのことです」

すると、大黒が手を挙げた。

「何だ」

宮路が顔を向けた。

大黒が素早く立ち上がり、口を開いた。

「家宅捜索の途中、被害者の本名が野島啓二で、杉田浩二というのは偽名だったとの連絡をいただきましたので、立会人である大家の芳賀達郎《はがたつろう》にその点を確認しました。芳賀達郎によれば、賃貸契約をしたときは確かに野島啓二名義だったものの、表札は《杉田浩二》になっていたとのことです。――世間に対して、野島啓二は氏素性《うじすじょう》を隠す必要があったのでしょう。実家のある町田周辺ではなく、敢えて石神井公園の近くを選んだのも、知り合いがまったくいない土地として選んだのかもしれません」

「凶悪な罪を犯した前科があったからか」

「そうだと思われます」

なるほど、と宮路がうなずき、一段と声を張って言った。

「次、地取りについて、何か収穫があったか？」

宮路の言葉に、報告が上がった。

被害者が殺害された日を含めて、アパートの周辺で、不審な男を見かけたという住人が複数見つかったのである。しかも、犯行の日と同じ夜に見かけたという証言まであった。ただし、その年齢や容姿、詳しい服装については、判然としないという程度の記憶だった。

さらに、事件が起きたと推定される時間帯に、遺体が発見された雑木林近くを、慌てた様子で駆けてゆく人影が目撃されていた。ジョギング中の中年男性が目撃したものだが、やはりはっきりとした容姿の視認はないという。

そのほか、細々《こまごま》とした報告が続いたものの、やがて挙手する者がいなくなると、宮路が雛壇を振り返り、かすかに低頭して言った。

「どうやら、報告も出尽くしたと思われますので、一課長、最後にご訓示をお願いします」

すると、署長の横に座っていた一課長の柿崎雅治《かきざきまさはる》がゆっくりと立ち上がった。中背の割りに横幅の大きな男で、髭の剃り跡が青く、目と口、それに顎も大きい。

「昨夜来の捜査、ご苦労さまです。その結果として、動機に関しては、怨恨の線が優位になったように思われますので、この点を捜査の中心から外すわけにはいかないでしょう。とはいえ、まだまだ材料が足りているとは思えませんし、ほかの動機の可能性を排除する段階でもないと判断されます。ここは被害者の前科についてのさらなる調べを進めると同時に、野島啓二の《鑑取り》を続行してもらいたいと思います。被害者は過去に凶悪な犯罪に手を染めたとはいえ、すでに罪を償った身であり、その命を奪うことは、当然ながら、何人にも許されるものではありません。銘々《めいめい》、その点を肝に銘じて捜査に当たっていただきたい。詳細な捜査方針については、管理官と相談済みですし、その内容は係長にも伝えてありますから、その指示に従ってもらいたいと思います。以上です」

柿崎の言葉が終わると、宮路が捜査員たちに声を張った。

「よし、明日の分担を決めておこう――」

宮路が手元の一覧表に目を落として、それぞれの組に《鑑取り》の要点を告げてゆく。さらに、《地取り》を続行する組にも指示すると、最後になって目崎たちの方に顔を向けて言った。

「棟方と目崎は、現場周辺とアパート周辺の《地取り》を徹底的に行ってもらおう。事件当夜の、野島啓二の動きを明らかにするんだ。怨恨絡みだったとしたら、被害者がつけ回されていた可能性もある」

「いいや、二人には別のことをやってもらう」

雛壇に座っていた押村が言うと、いきなり立ち上がった。

「何でしょうか」

宮路が、かすかに苛立つような声を発した。

「棟方と目崎は、野島啓二が十二年前に起こした事件について調べるんだ」

「しかし、それはほかの者たちに――」

「いいや、棟方たちにやらせる」

宮路の言葉を制すと、押村は口を噤んだ。

目崎は、その奇妙なやり取りに不審を覚えずにはいられなかった。そして、隣の棟方をそっと盗み見た。

だが、棟方は椅子にもたれ掛かり、ぼんやりと宙に目を向けたまま、右手の小指で耳の穴を穿っているだけだった。

六

その晩、二日ぶりで、目崎は自宅に戻った。

特別捜査本部が立ち上げられると、本庁の捜査一課の捜査員たちは、所轄署の道場などに泊まり込みが続くことになる。そのために、着替えや身の回りのものを揃える必要があったのである。

港区白金四丁目にある自宅は、大黒は冗談めかして言ったが、まさに《お屋敷》と呼ぶにふさわしいものだ。敷地面積が三百坪ほどもあり、瓦屋根の古風な平屋で、棟門《むねもん》から玄関までが、二十メートルもある。建物の右側には、格納式のガレージも併設されていた。

広々とした庭には、同居している伯母の趣味を反映して、百日紅《さるすべり》と梅の樹、アジサイや紅葉《もみじ》などの植栽に溢れている。一角にバラ園も丹精されており、庭の奥にある石灯籠は、奈良から取り寄せた時代物だという。

鍵を出して玄関の錠を開けて中へ入ると、二畳ほどの三和土がある。上がり框の向かい側の漆喰壁《しっくいかべ》に、《施身聞偈《せしんもんげ》》と墨書された、大徳寺塔頭《たっちゅう》の僧侶が揮毫《きごう》した一行書の軸が掛けられていた。真実の教えを得るために、自らの命を惜しまなかったという前世の釈迦の逸話の一つで、伯父の哲学でもある。

そのとき、奥から伯母の澄子《すみこ》が顔を出した。

「敦史さん、昨日は泊まりだったのね。事件でも起きたの」

おっとりした性格の澄子は、白いシルクのブラウスに、紺色のタイトなスカート姿だった。胸元に、プラチナのネックレスが光っている。たぶん、外出先から戻ったばかりなのだろう。ウエーブのかかった髪型、ふくよかな顔、日本人形のような和風の目鼻立ちで、きちんと化粧もしている。

歳は、五十四歳。趣味で日本画を描いたり、老人福祉のボランティアのグループにも属したりしており、ともかく人付き合いの広い人なのだ。今日の格好からして、何かのパーティーに出席してきたのだろう。

「石神井公園で、殺人事件が発生したので、昨日から捜査が始まりました。今夜は、捜査本部に泊まり込みのために、荷物を取りに戻ったところです」

「お食事は？」

「済ませました」

「またコンビニのお弁当か、牛丼でしょう」

「ええ、そんなところです。それよりも、伯父さんは？」

目崎は、ふいに棟方のことを伯父に話したいという衝動に駆られた。

「書斎にいらっしゃるわよ」

「そうですか。だったら、ちょっと用事がありますから」

言い残すと、目崎は廊下を進んだ。途中で左右に分かれている広い廊下を、右へ向かう。壁の横木に、釘隠しの七宝飾《しっぽうかざ》りが光っている。書斎は、離れの南側の庭に面した八畳ほどの広さの洋室である。

部屋のドアの前で足を止めた彼は、ドアをノックした。

「伯父さん、敦史です。ちょっとお話があるんですが」

「ああ、かまわないから入りなさい」

中から、鷹揚な声が返ってきた。伯父の目崎健三も温厚な性格で、普段から大きな声を出したり、感情を露わにしたりすることのない人である。

ドアを開けると、黄土色の絨毯の敷かれた部屋の中央に、対面式に置かれた黒い本革のソファの一脚に伯父がゆったりと腰掛けていた。薄藍色の綿シャツに、グレーのズボンというなりで、文庫本を広げている。

家族以外はあまり知らないことだが、伯父は外国のミステリー小説のファンなのだ。いま読んでいるのは、ピエール・ルメートルの新作だ。目の前のローテーブルに、ブランデーの入ったグラスが置かれていた。伯父の好きなシャトー・ポーレだろう。

「どうだね、本庁の仕事は？」

伯父の方から言葉を掛けてきた。

七三に分けた胡麻塩の髪、銀縁の老眼鏡を掛けた一重の細い目、細い鼻梁や小さめの唇は、細い顎と相まって、神経質な佇《たたず》まいを醸し出している。歳は、伯母より四つ上の五十八歳だ。東大生だった頃は硬式テニスの選手だったと聞いているが、いまも腹の出ていない痩せ型の体型である。

目崎は黙り込んだ。どう話していいものか、ふいに迷ったのである。所轄署の刑事課に配属されていた駆け出しに過ぎない刑事が、本庁の捜査一課に異動になったことは、どう考えても、目の前にいる伯父の心中を、警視庁の上層部が過剰に慮《おもんぱか》った人事としか思えなかった。

その点、表面的には、目崎が抱いている目的に一歩近づいたように見える。その目的とは、言うまでもなく、殉死した父親の事件を捜査して、真相を解明し、この手で犯人に手錠を掛けることである。しかし、現実は、少しも前進しておらず、むしろ泥濘《ぬかるみ》に足を取られているという思いだった。

「本庁の一課に配属早々、私は左遷と同様のポジションにいるようです」

言葉を選んで、目崎は言った。

「左遷と同様のポジション？」

怪訝な表情を浮かべて、伯父が小首を傾げた。

「ええ、私の指導係の棟方国雄警部補は、第三係の中で完全に孤立しています。――いいや、孤立しているというより、組織から一人だけ離れて、好き勝手に動き回っているんです」

今度は、伯父が黙り込んだ。文庫本を閉じて、ゆっくりとローテーブルに置くと、おもむろに言った。

「座って話したらどうだね」

その言葉で緊張を解くと、伯父と向き合う形で、目崎はソファに腰を下ろした。

その様子を目にして、伯父がまた口を開いた。

「私もそれなりに報告を受けているし、指導係が棟方警部補という人物になったことも聞き及んでいる。刑事畑一筋のベテランだそうじゃないか。過去の手柄についても、記録に目を通してみたが、相当なものだ」

「確かに、あの人の一課での経歴は長いし、昔は手柄を立てていたかもしれません。しかし、現在は組織から逸脱しているんです。それでは捜査の成果が上がらないじゃないですか。しかも――」

そこまで口にすると、目崎は言いよどんだ。

「しかも、何だね」

つかの間、躊躇いの思いが言葉を失わせた。自分のしていることが、幼稚な告げ口のように思えたからである。だが、腹の底に溜まりに溜まった思いを、吐き出さずにはいられなかった。

「第三係の別の先輩から聞いたことですけど、棟方警部補は《辞めさせデカ》という陰口を叩かれているんだそうです。私の前任の若い刑事たちに、散々に冷や水を浴びせてやる気をなくさせて、一人は異動を願い出て、もう一人は警察官そのものを辞めてしまったそうです。――でも、伯父さん、どうか誤解しないでください。私は告げ口してどうこうしてもらうつもりなんて、まったくありませんから。ただ私の現状をご報告しているだけです。棟方さんその人は、けっして悪い人間ではないと思います。若い人間とは違って、あれくらいの歳の人なら、他人とベタベタしないのは当然かもしれません。口数が少ないのだって、そういう人柄なのだと納得できます。だけど、刑事という仕事にまで、自分の癖を持ち込もうとする結果、係長と軋轢を生んで、険悪な状況が生じているんです」

一気呵成《かせい》に、目崎は言いきった。しかし、いくら言い訳を付け加えてみたところで、後味の悪さは消えなかった。

二、三度瞬きして、伯父が静かに言った。

「私は、きみが大学を卒業するにあたり、国家公務員の総合職試験を受験してキャリアになることを勧めた。しかし、きみはそれを固辞した。それは、殉職した父親の殺人事件を解決したいからではないのか、とそのときも訊いたね。だからこそ、いまもひどく焦っているんだろう、違うか」

目崎は言葉に詰まった。確かに、警視庁の警察官採用試験を受けるにあたって、目崎は中学一年生の頃から胸に抱いていた密かな真意を、初めて伯父に吐露したのだった。

そのときも、いまも、そして、これから先もずっと、脳裏から決して消えることのない一つの光景が刻み込まれているからだ。

霊安室に横たわった父。

目を瞑り、息をしていない青白い顔。

その遺体を凝視する自分。

全《まった》き闇の中に、ただ一人取り残されたような思い。

あらゆる音が耳から遠のき、時までがその歩みを止めてしまった感覚。

気が付いたときには、頰を涙が濡らしていた。

やがて訪れた慟哭《どうこく》は、しだいに鬱勃《うつぼつ》たる怒りに取って代わられたのだった。

聞き込みのために、玄関横のインターフォンのボタンを押したところ、その民家から飛び出してきた男と鉢合わせした父は、いきなり格闘になり、死に物狂いで暴れる相手を組み伏せて、夏にもかかわらず、黒手袋をした相手の手首に手錠を掛けて動きを封じたはずだった。ところが、次の瞬間、その手錠が外れて、男が隠し持っていたナイフが父の胸に突き刺さったのである。

逃走するその後ろ姿が、若い男だったということは、そこへ駆けつけた同僚の刑事が目撃し、刺されるまでの経緯は、虫の息の父が同僚に必死に言い残したものだった。

平成十六年十月十四日に起きたその事件は、目崎が最初に配属となった世田谷署管内で発生した。むろん、世田谷署への配属は志願した結果だった。そのおかげで、目崎は、世田谷署の庶務課に保管されていた捜査記録に目を通すことができた。仕事の非番の日に、事件現場となった三軒茶屋《さんげんぢゃや》の裏通りのゴミゴミとした住宅街を、目崎は何度も歩き回ったものだった。

事件直後、周囲三キロ圏に非常線が張られて、通行人や車両の検問が実施されたが、犯人と思《おぼ》しき人物は網に引っ掛からなかった。現場検証の結果も、目崎の父を殺害した男の特定に繫がる物証は得られず、目撃者も見つからなかった。

だが、捜査陣が最大の関心を向けたのは、父がその民家に訪《おとな》いを掛けた理由だった。その民家から三十メートルほど離れたマンションのリビングで殺人事件があり、その現場の窓が民家の北側の部屋と向かい合わせになっていたのである。そして事件発覚直後の《地取り》において、その民家の住人の女性が、事件が発生したと推定される時刻の直後に外出して、台湾に渡航していたことが判明した。彼女が旅行関連の記事を書くライターだということは、契約していた出版社に問い合わせて判明した事実だった。だから、目崎の父がその民家を訪れたのは、帰国予定に合わせて、改めて事件についての聞き取りをするためだったのである。

捜査本部は、当初、家宅侵入犯とたまたま鉢合わせして起きたと考えられていたその事件に、かすかな疑いを抱くようになった。もしかしたら、誰かに騙《だま》されて、父は不意打ちで殺されたのかもしれない、と。そう推定させる理由は、父の目崎悟史《さとし》がその民家に聞き込みに立ち寄る時間が、予《あらかじ》め決まっていたからだ。前日、帰国しているはずの民家の住人に電話を掛けたところ、翌日は早朝から仕事で出る予定なので、午後八時に自宅に来てほしいと告げられたという。そして、その約束通りに、父は民家を訪ねた。つまり、父がその家を訪れることを知っている者が、犯人を呼び寄せていたとしたら、そんな突発事態も十分に起こり得たのだ。

しかも、後の調べにより、父が電話を掛けたはずの女性は、当日、まだ自宅を不在にしていて、電話を受けていないと証言したのである。つまり、自宅に入り込んだ別の女性が、住人のふりをしたという推定が成り立つ。しかし、誰がいったい何のために、そんなことを企んだのか。

結局、それ以上の捜査の進展は得られず、一年後に特別捜査本部は解散し、所轄署に継続捜査班が残されたものの、十四年を経た現在、事実上の迷宮入り状態となっている。

「敦史――」

伯父から名前を呼ばれて、我に返った目崎は、大きく息を吐くと、言った。

「ええ、その通りです。私は、誰よりも優れた刑事になりたいんです。だから、係長と棟方さんの意地の張り合いなんかに、足を取られたくないんだ。私怨が絡む捜査では、刑事の仕事を覚えられないじゃないですか」

言いながら、一つの考えが、頭の中で稲妻のように閃《ひらめ》いた。もしかしたら、一課に自分を配属させた何者かが、さらに気を利かせて、警察庁次長の甥が危険な仕事に就かないように、わざと冷遇状態にある棟方に張り付けたのかもしれない。

「思い違いをしているんじゃないかね」

「何をですか」

「警察官の仕事は、確かに組織としての一面もあるが、反面、一人一人の競争でもある。私には殺人捜査の現場の経験はないが、立場上、警察官の仕事の監察を怠ることは許されないから、それが如実に分かるんだ」

「それは、どういう意味ですか」

「棟方警部補が何も教えてくれなくても、見て学ぶことはいくらでもあるはずだ。その上で、きみ自身の考えをしっかりと持って、仕事に邁進するしかないだろう。失敗は、すべての人間がする。しかし、経験した失敗の中から、大切な教訓を摑める者は、めったにいるものではない。そして、そんな警察官だけが、ほかの誰にもできなかった成果を上げ得るのだと私は思う」

「ほかの誰にもできなかった成果——」

思わず、目崎は鸚鵡《おうむ》返しに口にしていた。

穏やかな表情でうなずき、伯父が言った。

「迷宮入りの殺人事件の解明は、並の刑事にできることではないぞ」

目崎は音を立てずに息を吐いた。

「分かりました」

言うと、小さく頭を下げて、目崎は立ち上がり、書斎を後にした。

だが、胸の裡のモヤモヤした気持ちは依然として晴れていなかった。伯父に愚痴ってしまったせいで、亡くなった父親のことを改めて考えてしまい、余計に気が重くなってしまっていた。

家の東側にある自室の六畳間の前に立った時、待てよ、と目崎は思った。石神井署の相米と棟方がした、ささいなやり取りを思い出したのである。

第三係の中で完全に浮いてしまっている棟方にも、まともな刑事だった頃があったのだろう。伯父もいまさっき、棟方が過去にいくつもの手柄を立てたことを口にしていた。だとしたら、いったい何が、棟方を変えてしまったのだろう。それが分かれば——と、そこまで考えたとき、一つのアイデアを思いつき、目崎は自室に入った。自室は六畳間で、デスクと本棚、それにベッドが置かれている。デスクには、デスクトップのパソコンとゲーム機用のディスプレーを並べている。本棚にはびっしりとパソコン関連の技術書とゲームソフトを収めていた。

目崎は背広の内ポケットからスマートフォンを取り出すと、大学時代に同級生だった葉山千佳の電話番号をタップした。スマートフォンを耳に当てる。呼び出し音が響き、それが途切れた。

《はい》

「あっ、千佳、目崎です。こんな夜分に電話して、ごめん」

《着信画面に名前が映ったとき、やっと告白する気になったのかって思ったところよ》

「馬鹿、何ふざけたこと言ってんだよ」

言葉とは裏腹に、どぎまぎした思いで、目崎は言い返した。
途端に、スマートフォンから笑い声が響き渡り、千佳の声が続いた。
《冗談よ。めったに掛けてこないから。で、どうしたの?》
「ちょっと教えてもらいたいことがあるんだ。千佳は、本庁の人事課に異動になったんだよね」
《ええ、そうだけど》
「捜査一課で俺と同じ係に、棟方国雄さんという警部補がいるんだけど、どんな人なのか、知らないかな」
《そっか、目崎君、捜査一課にいるんだよね。――でも、いまの部署に配属されて、私まだ四か月しか経っていないから、そこまでは分からないわ。そっちこそ、同じ係なら、私より、ずっとよく知っているはずでしょう》
「そりゃもちろん、直に接しているから、人柄くらいは分かっているけど、昔のことは知らないいし、どうにも解せない部分があるんだ」
《解せない部分?》
「うん。棟方さんは、第三係の中で完全に孤立しているんだ。ほかの捜査員たちも敬遠しているし、ことに係長の宮路警部とは、犬猿の仲と言ってもいいかもしれない。だけど、どうしてそこまでいがみ合うのか、組織に調和しようとしないのか、それが不思議でならないんだ」

《つまり、何らかの原因があって、人間関係がこじれたってこと？》

一つ咳払いをして、目崎は言った。

「まあね、目上の人に、そんな言い方はしたくないけど、棟方さんが係長の指示に従おうとしないことや、自分勝手に動き回っている背景には、何か隠された原因があると思うんだよ」

《なるほど、分かったわ。まわりの人に、それとなく訊いてみる。ちなみに、お礼はトラジの焼肉で手を打つわ》

目崎は絶句した。トラジの焼肉は、かなり値が張るはずだ。警察官が賄賂を要求するのかよ。そういなそうとして、ふいに思い直した。

「分かったよ。今度、焼肉を御馳走するよ」

千佳とデートするのも悪くない、そう考えたのである。

第二章

一

静まり返った部屋の中に、ときおり頁《ページ》を捲る音だけが響く。

早朝から、目崎は棟方とともに神奈川県警の都筑《つづき》警察署の庶務課の来客用机で、野島啓二が過去に引き起こした事件の捜査記録に目を通していた。捜査記録に目を走らせながら、執務手帳に要点をメモしてゆく。

事件が発覚したのは十二年前の八月十七日、天気のよい朝のことだった。五時半頃、早朝の散歩を楽しんでいた老人が、都筑区中川《なかがわ》にある八幡山《はちまんやま》公園の植え込みから、人の素足のようなものがはみ出しているのに気が付いたことが発端だった。公園は、横浜市営地下鉄のセンター北駅の西側、四百メートルほどの位置にあった。

老人は、最初、誰かの悪戯でマネキン人形が放置されているのだろうと思い、近づいたところ、本物の人の足と分かって仰天した。そしてセンター北駅前交番に駆け込むと、交番にいた巡査たちにその事実を伝えたのだった。

交番のハコ長は、ただちに都筑警察署に緊急連絡を入れてから、ほかの二名の巡査を引き連れて現場に急行した。そして、現場保存を図るとともに、目視による遺体の状況検分を行った結果、他殺の疑いが濃厚である旨を、帯革に装着されている署活系無線機で追加連絡したのである。

十分後、付近をパトロール中だった機動捜査隊の隊員が現場に到着し、少し遅れて都筑警察署の刑事課の捜査員たちも駆けつけ、ただちに初動捜査が開始された。

時間の経過とともに、うなぎ上りに気温が上昇する中で、遺体発見現場付近はブルーシートで完全に覆われて、遺体の詳細な現場検視と、被害者及び加害者の遺留品や靴跡、体液や汗、唾液、毛髪、繊維、皮膚片などの捜索が続けられた。

遺体は全裸の状態で、両腕の手首を結束バンドで後ろ手に縛られて、うつ伏せに横たわっており、強姦された後、首を絞められて殺害されていた。遺体が完全に体温を喪失していたことや、死後硬直が全身に見られたことなどから、その段階で前日に絶命したものと推定されたのだった。

そして、遺体のそばに落ちていたバッグから、生徒手帳が発見された。

氏名は、田神真理。

県立都筑中央高校二年生。

生年月日は平成元年九月十日で、十六歳であることが、その後の調べで判明した。

住所は都筑区中川四——

添付されていた現場や遺体の写真を目にして、目崎は大きく息を吐いた。遺体を撮影した写真には、文字通り、目を背けたくなるほどの惨状が写し出されていた。いまさらながら、殺人事件を捜査する刑事が、いかに重い精神的な荷を背負わなければならないかを痛感せざるを得なかった。

すると、隣の席で別の調書に目を通していた棟方が、無言のまま調書を閉じると、かすかに首を振った。

「どう思いますか」

目崎は訊いた。

棟方が顔を向ける。

「まったくひどい事件だ」

「ええ、この状況なら、野島啓二が殺害された一件が怨恨絡みという筋読みも、当然かもしれませんね」

その言葉に、棟方がかぶりを振った。

「おまえさんは、所轄の刑事課で、いったい何を学んできた」

「どういう意味ですか」

「確かに、捜査は上が立てた方針をもとにして行われるものだ。しかし、それはあくまで一つの筋読みにしか過ぎん。現場で捜査に当たる刑事は、どんな可能性も排除してはならんし、予断は厳禁だぞ」

目崎に返す言葉はなかった。

すると、棟方が、近くの席で分厚い書類に目を通していた制服姿の若い警察官に声を掛けた。

「すみませんが、この強姦殺人事件の捜査を担当された方のどなたかから、直接お話をお伺いしたいんですが。それに、こちらの捜査資料をお借りできますでしょうか」

若い警察官がうなずいた。

「承知しました。刑事課に問い合わせてみますので、少々お待ちください。それから、資料の貸し出しについては、後ほど手続きをお願いします」

そう言うと、素早く席を立った。

すかさず、棟方が目崎を振り返った。

「担当者からの聞き取り役は、おまえさんがやれよ」

「あの事件を捜査していました、戸塚《とつか》巡査部長です」

黒いポロシャツ姿の体の大きな男性が、庶務課に入ってくるなり名刺を差し出しながら言った。四十前後くらいで、髪を短く刈り込んでおり、日焼けした精悍《せいかん》な顔立ちである。

棟方が立ち上がって名刺を手渡した。

「棟方です。申し訳ありません、お仕事中のところ、こちらの用件でお呼びたてをして」

目崎も立ち上がると、棟方に倣《なら》って名刺を渡した。

「目崎です。お世話になります」

「どうぞ、お座りください。捜査のことなら、お互い様ですから」

三人同時に庶務課の中の椅子に腰を下ろした。

つかの間、その場に沈黙が落ちたので、目崎が口を開いた。

「すでにお聞き及びだと思いますが、一昨日《おととい》の木曜日の晩、石神井公園内において、野島啓二が何者かに刺殺されました」

「ええ、新聞で見てびっくりしました」

戸塚が真剣な顔つきでうなずく。

「それで、私ども、あの一件に関連して、野島啓二が十二年前に引き起こした事件について調べているところなんです。こちらに保管されていた当時の捜査記録については、ある程度は拝見させていただきました。しかし、やはり事件を担当された方から、事件について直にお聞きしたいと思いまして、お呼びたて申し上げました」

「ええ、もちろんかまいません。しかし、何をお話しすればいいでしょうか」

目崎は思わず、棟方に目を向けた。だが、いつものように眠たげな梟《ふくろう》のような顔つきのまま、何も話そうとはしない。

仕方がないので、当たり前のことから話し始める。

「初動捜査から被疑者逮捕に至る過程についての筋道は、捜査記録を読ませていただき、概《おおむ》ね理解できました。しかし、そのときの具体的な状況やご感想を含めて、全体の流れをもう一度、ご説明願えないでしょうか」

「分かりました。捜査記録には、さすがに現場の空気までは書いてありませんからね。野島啓二殺害事件を担当されている以上、当然のご要望でしょう――」

再びゆっくりとうなずくと、戸塚が続けた。

「――事件発覚から一時間後には、現場周辺に、近隣住民が野次馬になって集まりだしていました。それに、都筑署のサツ廻りの記者たちから連絡が入ったらしく、新聞社やテレビなどの取材陣までが押し寄せる有り様となって、現場付近は騒然とした状況になっていたことを覚えています」

「当然でしょうね」

「ええ、若い女性が殺されただけでも、住民を騒がせるには十分でしょうが、さらに、遺体が全裸で発見されましたからね。しかも、警察が到着する前に遺体を目にしたのが、第一発見者だけじゃなかったからですよ」

「早朝とはいえ、公園ですからほかにも遺体を目にした人がいたんですね」

目崎の言葉に、戸塚が渋い顔つきになった。

「ええ、近所の高校生たちでした。野球部の朝練に向かう途中で、遺体の存在に気が付いたようなんです。現場にハコ長たちが駆けつけると、遺体の近くで、第一発見者の老人とともに、呆然としている二人の高校生がいました。むろん、老人とその高校生たちには、目にしたことを絶対に他言しないようにと、口止めしようとしたのですが、高校生たちは衝撃に耐えきれなかったのでしょう。その場で大騒ぎを始めてしまったんです。結果、あっという間に、事件が地域に広まりました」

「なるほど。で、それから、どうなりました」

目崎は先を促した。

「むろん、現場周辺には、すぐさま、かなり広く規制線が張り巡らされて、関係者以外の立ち入りが完全に遮断されました。その一方で、私は、もう一人の捜査員とともに、被害者の自宅へ向かいました。所轄署では、ただちに自宅の電話番号を割り出して、電話を入れたものの、誰も出ませんでした。それが事件発覚から、約三十分後だったと思います。私たちが自宅を訪ねると、やはり誰もいませんでした。しかし、一刻も早く家族に知らせる必要がありましたし、本人確認もしてもらわなければなりません。そこで、隣家に訪《おとな》いを入れました」

「早朝に隣家の住人は応対してくれたんですか」

　戸塚が大きくうなずく。

「奥さんが出てきてくれまして、その方から聞いて、被害者の田神真理さんが、父親の田神茂《しげる》さんと二人暮らしであることと、勤務している横浜の会社が判明しました」

「二人暮らし？　母親はどうしたんですか」

「母親は、その二年前に脳梗塞で亡くなっていました。まだ四十代でしたが」

　戸塚のその言葉で、部屋の中に沈黙が落ちた。

　若くして妻に死なれたうえに、さらに娘までが無惨に殺されたのだ。目崎は、後に残された田神茂の心中を思うと、胸が痛くなるような気持ちを覚えた。

「それから、どうなさったんですか」

　ずっと黙したままだった棟方が、ふいに言った。

　かすかに驚いて、目崎は目の端で、棟方の様子を窺った。いつも眠たげな顔つきをしている棟方が、鋭い目つきになっている。戸塚の話を聞いているうちに、田神真理の事件に対する関心がますます湧いてきたのかもしれない。

「その奥さんが横浜にある父親の会社の電話番号をすぐに教えてくれました。娘と二人暮らしの田神茂さんは、万が一の場合を考えて、自分の名刺を隣家に預けておいたんです。ともかく、私は携帯電話で会社に連絡を入れて、田神茂さんの所在を確認しました。早朝のことでしたが、守衛が電話に出て、二時間後に出勤してきた社員から連絡が入りました。その結果、田神茂さんは前日から大阪に出張中であることや、帰宅が翌日の予定ということ、それに、彼の携帯電話の番号が分かりました。ですから、私たちが田神茂さんと直に連絡が取れたのは、事件が発覚して三時間ほども過ぎてからだったんです。前夜、田神茂さんは自宅に何回か電話したものの、娘の真理さんが出なかったので、ひどく心配していたとのことでした――」

そこまで言うと、戸塚が大きく息を吐いた。当時の記憶が甦ってきて、やり切れない気持ちに襲われたのかもしれない。もうひとつ息を吐いて、彼は続けた。

「――都筑警察署に特別捜査本部が設置されて、六十人態勢で本格的な捜査が開始されました。あなたたちのような本庁の赤バッジの方々が署に乗り込んできて、かなり緊張したのを覚えています。それはともかく、現場周辺を中心として、不審人物や不審車両などの目撃者捜しが開始されると同時に、田神真理さんの通っていた学校を始めとして、その人間関係の調べが始まりました。センター北駅を中心に、半径十キロ圏内で、過去に類似の婦女暴行や痴漢、窃視《せっし》などを行った人間の洗い出しも並行して開始されました」

「それで、野島に繋がる何かが出たんですか」

棟方が合いの手を入れる。

「いいえ、何も出てきませんでした。犯人に繋がる遺留品は皆無でしたし、野島啓二の実家は町田ですから、後から考えると、いわば遠征をして犯行に及んでいたわけです。そのせいもあってなかなか辿《たど》り着けませんでした。しかし、さらにその後の捜査によって、事件当日の田神真理さんの行動がしだいに明らかとなってきました。夏休み中だった彼女は、八月十六日の午後四時頃から、同じ高校の友人二人とセンター北駅近くのショッピングモール内の映画館へ赴きました。そして、映画を観終わった後、同じショッピングモール内の喫茶ルームで、友人たちと一時間ほど雑談したそうです。そして、電車に乗る友人二人と駅前で別れたのが、午後七時頃。そこから田神真理さんは徒歩で帰路につき、途中で凶行に巻き込まれたわけです。司法解剖の結果、彼女が亡くなったのは、八月十六日の午後七時半から九時の間と判明しました」

またしても、戸塚がため息を吐いた。

棟方は黙している。

俯いた目崎にも言葉がなかった。悲惨な事件が起きたとき、常に感じることは、間の悪い偶然に対する痛恨の念だ。もしも、父親の出張がなければ、娘が電話に出ない時点で警察への連絡が行われていれば――最悪の事態だけは回避できたかもしれない。

目崎は顔を上げると、言った。

「どうやって、犯人に辿り着いたんですか」

「正直言って、ひと月以上目ぼしい発見もなく、捜査は膠着《こうちゃく》状態に陥ってしまいました。しかし、一つのきっかけから、捜査は動いたんです」

「一つのきっかけ――」

鸚鵡《おうむ》返《がえ》しに口にした目崎の言葉に、戸塚がうなずく。

「ええ、あれは、忘れられない経緯です。十月に入る直前のことでしたが、地元における犯罪記録を私が何気なく調べていて、センター南駅に隣接したホームセンターで、万引きを働いた人物が防犯カメラに写っていたという通報が都筑署に入っていたことに目を留めたんです。あの当時でも、ホームセンターやコンビニには、けっこう防犯カメラが取り付けられていましたから。万引き防止のためですが、ご存じの通り既遂の犯罪の証拠としても、そうした録画画像が用いられることもあるので、一定期間内は録画を消去しないことになっています。その時も、実際に万引きが行われた時点では、ホームセンターの人間も、その事実に気が付きませんでした。ところが、商品の補充に当たり、陳列棚の商品の在庫を確認してみて、初めて数点の商品の紛失が分かったんです。それから防犯カメラの映像を見直してみて、犯行が明らかになり、こちらの署に通報が入ったという次第でした。そして、万引きされた商品の中に、結束バンドが含まれていることに、私は気付いたんです」

「被害者は、両手首を後ろ手に結束バンドで縛られていたんでしたよね」

「ええ、思わず息を吞みましたよ。同時に、どうして、これまでこの線に思いが及ばなかったのかと、舌打ちしたことも覚えています。ともあれ、この件を捜査会議で報告した結果、私を含む、四名の私服の捜査員が、十月一日からそのホームセンターで張り込みをすることになりました——」

戸塚が、ホームセンターでの張り込みの苦労話を続けてゆく。しかし、防犯カメラに映っていた人物は、まったく姿を見せない。欲しいものが手に入ったとすれば、ここには二度と来ないいんじゃないか——。三日、四日と過ぎるうちに、そんな苛立ちと焦燥が募り、こんなことをしていても無駄なのではないかと思われてきた。捜査会議においても、限られたマンパワーを別の調べに投入すべきとの意見も出始めていた。

「——しかし、刑事課の課長は、《捜査は辛抱だ》とあくまで張り込みの続行を主張したんです。すると、一週間後の十月八日になって、防犯カメラに映っていた人物と似た若者を、私たちは発見しました。正直言って、あの瞬間、膝が震えましたね」

「ええ、捜査に身を置いている身として分かりますよ、そのお気持ちは」

棟方がうなずいた。

「私は、すぐに張り込み中のほかの捜査員たちに合図をして、かねてから打ち合わせていた通りに、その若者を遠巻きにしながら、取り囲むように配置につきました。そして、準備が整ったのを見計らって、私が近づき、《警察ですが、ちょっと訊きたいことがあるので、少しよろしいですか》と声を掛けました。すると、その若者がいきなり私を突き飛ばして、来た道を駆け戻ったんです。そこで、配置《はいち》についていたほかの捜査員が飛びかかり、若者を押し潰しました。公務執行妨害の現逮《げんたい》です――」

かすかに顔を紅潮させて戸塚が言うと、その後の取り調べについて語り始めた。捕まったのは、蓑田裕一《みのだゆういち》という十七歳の高校生だった。取り調べに対して、蓑田裕一は最初から落ち着きのない態度を示した。ホームセンターに再び彼が姿を現わしたのは、万引きに気付かれてないか、確かめたかったからだという。そして、取り調べを担当した戸塚の追及が万引きの事案から、田神真理さんの強姦殺人と死体遺棄に及ぶと、その顔色が青ざめて震え始め、被害者の遺体の状況についての説明をした段階で、ついに泣き崩れて自供を始めたのだった。

「――ところが、強姦した状況について追及すると、蓑田は、やったのは自分じゃないとわめき出しましてね」

「野島啓二について供述したってわけですね」

棟方の言葉に、戸塚が首肯した。

「ええ、蓑田裕一と野島啓二は中学と高校で同級生でした。蓑田裕一の供述によれば、最初に田神真理さんを捕まえたのは自分で、公園の茂みに引きずり込むまでは自分もやったが、強姦して殺したのは、野島啓二だということでした。自分は野島啓二が強姦している最中に、怖くなって逃げたのだと。ここに至って、捜査本部は野島啓二の内偵を開始しました。そして、十月二十二日、長津田《ながつた》駅南口のロータリーで、肩がぶつかったことが原因で、野島啓二がサラリーマンへの暴行に及んだところを、尾行していた捜査員が傷害の現行犯で逮捕しました。野島啓二は、最初こそ激しく抵抗していたものの、やがて田神真理さんの事件について自供しました。観念したのか、意外と素直に喋り、その内容は蓑田の主張通りでしたね」

なるほど、とうなずいた棟方が言った。

「その後はどうなりました？」

「家庭裁判所で審判が行われました。野島の方は犯行の状況が極めて悪質であると判断されて、検察へ逆送されました。そして、平成二十年一月に最終的に最高裁で有罪判決を受けて、川越の少年刑務所に服役することが決まったんです。一方、蓑田は中等少年院である、多摩少年院に入りました。」

棟方が、目崎に顔を向けた。

いつもの目顔だ。

「蓑田裕一は、どんな人物だったんですか」

目崎の言葉に、戸塚が肩を竦めた。

「そうですねえ、印象としてはあんな凶悪な事件に関わった人間には、とても見えませんでしたよ。かなり整った顔立ちで、話してみると、やさぐれた感じもありません。むしろ、育ちのよさみたいなものを感じましたね」

「育ちのよさ、ですか?」

「ええ、言葉遣いとか、態度とかに、そういった雰囲気がどうしても表れるじゃないですか。実際に、彼の周辺で、その人柄や素行について訊いて回ってみましたけれど、少なくとも、高校の同級生たちや教師たちからは、概して悪い評判は聞かれませんでした。家庭環境についても調べてみましたが、かなり裕福な生活ぶりのようでした。——もっとも、ホームセンターで取り押さえられたときには、人が違ったみたいに暴れて、口汚い言葉を喚《わめ》き散らしていましたけど」

「しかし、先ほどのお話では、取り調べが始まった当初から、落ち着きがなかったということでしたが」

「ああ、それはたぶん、野島啓二のことが念頭にあったからじゃないでしょうか」

「それは、どういう意味ですか」

「野島啓二を逮捕して、両者を別々に取り調べてみて感じたことですが、蓑田裕一は明らかに野島啓二の手下的存在でした。大人しい蓑田裕一に対し、野島啓二の粗暴ぶりは、初め、凄まじかったですよ」

「つまり、蓑田裕一は犯行を自供して、それを野島啓二に知られることを怖れていたから、落ち着きがなかったということですか」

「ええ、私はそんなふうに感じました。実際、あの事件の犯行において主犯格は野島啓二で、蓑田裕一は命令されて手を貸しただけの立場だったと裁判官もそう判断しましたから」

　目崎はうなずき、言った。

「では、ご面倒でしょうけど、今度は田神真理さんに対する犯行の経緯を、詳細にご説明願えますか」

「かまいませんよ。八月十六日、野島啓二が蓑田裕一を携帯電話でセンター北駅に呼び出したのが、午後六時過ぎでした。夏休みで出歩いている若い女性をナンパするつもりだったということです。しかし、いつもは十回かそこらで成功するのに、その日は二十回近くも断られ続けたことから、野島啓二は苛立ちを募らせました」

「粗暴ぶりを発揮したということですね」

　目崎は合いの手を入れた。

「ええ。野島は諦めずに、午後七時頃、人通りのない住宅街の道を歩いていた女の子に声を掛けました。それが殺された田神真理さんでした。ところが、彼女は断る言葉も発せずに、走って逃げた。それを蓑田が追いかけて捕まえ、野島と二人でそのまま現場となった公園に連れ込んだんです。野島は蓑田に命じて結束などを手伝わせました。そして、公園の茂みの中で乱暴に及んだ。怖くなった蓑田はすぐに現場から駆け出して逃げた。構わず野島が強姦を最後まで果たすと、田神真理さんが叫び声をあげて逃げようとしたため、事態の露見を怖れて、野島は追いかけて再び捕まえ、首を絞めて殺害したというわけです」

目崎はしばし言葉が出なかった。もはや粗暴というレベルではない。何の罪もない少女を襲い、犯した上に殺害しているのだ。

すると、棟方が、わずかに身を乗り出して言った。

「用意していた結束バンドで両手を縛ったと記録にありますけど、いまお話しになった衝動的な事件の経緯と、いささか矛盾するんじゃありませんかね」

「いいえ、野島啓二には、状況次第で若い女性を襲う意図もあったそうです。ナンパも結局はセックスが目的です。うまく行かなければ、強姦に行動を移すつもりだったから、野島は蓑田に命じて、結束バンドを用意させていたというわけです」

「なるほど。ちなみに、野島啓二の内偵については、どんな経過だったんですか」

「調べ始めてみて、野島啓二が骨の髄まで性根の腐った男だと思わずにはいられませんでした。十六歳のときに喧嘩、窃盗、恐喝などを繰り返し、何度も補導されて、ついに家庭裁判所で審判を受け、平成十七年十一月から久里浜《くりはま》少年院で半年を過ごしました。

そこを出院したのが、あの事件の三か月前だったんです」

「だったら、野島啓二がその少年院に入っている間は、蓑田裕一との関係は切れていたわけですな」

「そうです。ですが野島啓二は少年院を出ると、すぐに蓑田裕一に連絡したと供述しています。やつは少年院に入った段階で、高校を中退ということになっていますから、付き合う相手が欲しかったんでしょう。あまりにも破天荒な素行の悪さに、中学時代や高校に入ってからのワル仲間までが、野島啓二を敬遠して離れていき、誰からも相手にされなくなっていたようですから」

「先ほど、蓑田裕一は野島啓二の手下的存在だと言われましたけど、学校での二人はどんな関係だったんですか」

「二人が出会ったのは、中学一年のときでした。捜査資料に残されていた詳細な記録をご覧いただいたと思いますけど、二人の犯行と判明した段階で、彼らの通っていた中学や高校にも赴《おもむ》き先生たちからも話を聞きましたし、令状を取ってクラスの名簿を調べて、同級生たちからもずいぶんと話を聞きました。クラスが一緒になり、二人とも近所に家があったこともあって、野島啓二の方から蓑田裕一に接近して、金をたかっていたようでした。ちなみに、蓑田裕一は中学に入る際に、町田に引っ越してきたんだそうです。悪い巡り合わせだったとしか言いようがありません。その頃は、野島啓二は蓑田裕一を連れて盛り場をうろつき、大人から咎《とが》められるという程度でした。ところが、中学三年あたりから、本格的にグレ始めたそうです。一方、蓑田裕一の家はかなり裕福でしたから、野島にとって蓑田は恰好のカモでした。野島は蓑田につきまとい、脅して一緒の高校に進学させたうえに、非行に完全に引き入れることで、それをネタにして自分の手下にしてしまったのです。そういうことにかけては、野島はかなりしたたかだったようですからね。それに対して、蓑田は逆に、付けいられやすい気の小さいところがあったというわけです。蓑田裕一の両親もなんでもっと偏差値の高い高校に行かないのか不思議に思い、蓑田を問い質しましたが、裕一は近いからとかなんとか、はっきりした理由を言わなかったそうです」

なるほど、と棟方がうなずき、忌々《いまいま》しげな様子で黙り込んだ。

目崎にも、蓑田裕一の気持ちが分かるような気がした。気の弱い人間にとっては、胸糞の悪くなるような話としか言いようがない。しかし、そんなしたたかなワルが、証拠がない中で、簡単に犯行を認めたのはなぜだろうか。目崎は言った。

「戸塚さん、取り調べに対して、野島が観念した決め手は何だったんですか」

「補完的な証拠と、決定的な証拠の二つが、やつを全面自供に追い込む材料になりました——」

記憶を掘り起こすかのように、戸塚が口を開いた。

「――補完的な証拠というのは、事件の起きた八月十六日の午後九時過ぎに、現場近くのコンビニの防犯カメラに、野島啓二と蓑田裕一の姿が映っていたことです。当初、野島啓二はその時間のアリバイがあると主張していました。町田のゲーセンにいたと言い張っていたんです。そのゲーセンには防犯カメラはありませんでした。ところが、そのアリバイが、防犯カメラの映像で完全に崩れたわけです。そして、決定的な証拠というのは、ＤＮＡ検査の結果の前に、まず歯型でした」

「歯型？」

今度は不快そうな顔つきになり、戸塚が小さくうなずく。

「被害者の胸に、嚙んだ痕が残されていたんですよ」

席に沈黙が落ちた。

目崎と顔を見合わせた棟方が、何ともやり切れないという表情を浮かべている。

目崎は戸塚に言った。

「それが、野島の歯型と一致したということですか」

「ええ、寸分違わずに」

「獣そのものですね。一片の人間の心も持ち合わせていなかったんでしょう」

目崎は思わず口走っていた。

すると、隣の棟方がかぶりを振った。

「目崎、それは違う――」

目崎は驚いて、棟方を見た。

「――確かに、野島啓二の凶行は、俺でも目を背けたくなるし、非道この上ないと言わざるを得ない。しかし、そんな人間にも、人の心はあるはずだ」

「棟方さんは、野島啓二を擁護するんですか」

「勘違いするな、野島啓二を擁護しているんじゃない。思い込みや予断は禁物だということだ。人間は誰でも、仏の心と、鬼の邪心の両方を持っているんだ。むろん、俺や、おまえさんもだ」

つかの間、辺りを静寂が支配した。

それを破るように、戸塚が口を開いた。

「この二つを突き付けられて、さしもの野島啓二も言い逃れができず、自供を始めたというわけです。ご存じのように、田神真理さんの事件は、テレビでも新聞でも大々的に取り上げられて、センター北駅周辺は、日が落ちると、人けがなくなり、パトカーの巡回ばかりが目につくような有り様となりましたよ――」

大きくため息を吐き、戸塚がその後の様子を話し始めた。二人組によるあまりに衝撃的な犯罪ゆえ、テレビ各局のワイドショーが競い合うようにして、連日事件を取り上げた。様々なコメンテーターが事件の悪質性と、犯人の凶悪さを糾弾し、警察を退職した元刑事がゲストとして招かれて、事件の背景や異常な犯人の人物像について、刺激的な発言を繰り返したのだった。

むろん、被害者の田神真理の自宅にも、大勢の記者やレポーターが取材のために押しかける騒ぎとなったものの、父親の田神茂は、そうした連中の強引な取材に対して、完全な沈黙を通したという。

「――ところが、野島啓二の完落ちを受けて送検すると同時に、捜査本部が田神真理さんに対する強姦殺人並びに死体遺棄について、十七歳の少年による犯行という正式発表を行ったところ、それまで沈黙を貫いていた田神茂さんが、ついに感情を爆発させたんですよ」

「感情を爆発させた？」

目崎は思わず言った。

「ええ、犯人が未成年でも死刑にすべきだと主張したんです。裁判の結果が死刑でないなら、少年刑務所を出所した犯人を草の根分けても探し出して、この手で殺してやると公言したんですよ」

目崎は、棟方に目を向けた。

「十二年前といえば、私はまだ十四歳で、まったく記憶にありませんけど、棟方さんは覚えていらっしゃいます？」

棟方が渋い顔つきでうなずいた。

「ああ、覚えている。父親の発言は、ひとしきりマスコミを賑わしたもんさ。中には、仇討《あだうち》制度を復活させろなんて、極端なことを言い出す輩まで現れたくらいだった。まあ、一人娘を殺された父親の思いとしては分からないこともない」

「ええ。すると、記者やレポーターたちは田神茂さんのもとに殺到して、少年法の規定についての質問をぶつけたんです」

戸塚の言葉に、目崎は思い当たった。

「未成年の場合、裁判になったとしても、その氏名や素性が一切公表されないから、犯人を探し出すことは、事実上、不可能ということですか」

「ええ、それもあります。しかし、犯行当時、犯人が十七歳だったという点を、記者たちが持ち出したんです。錦の御旗《みはた》のようにね」

「どういうことですか」

目崎は首を傾げた。

「ご存じありませんか、未成年でも、満十八歳や十九歳の場合は、成人とまったく同じ量刑を科せられることになります。ところが、十七歳以下の場合は、裁判で量刑が減免されるという規定があるんです。実際に、あれほどの凶悪な罪に手を染めながら、野島啓二は懲役十年の刑が科せられただけですから」

「それに対して、田神茂さんは、どう反応されたんですか」

「記者やレポーターたちに囲まれると、田神さんは何台ものテレビカメラやマイクに面と向かって、死刑になってかまわないから、この手で犯人をめった刺しにしてやる、と絶叫したそうです」

二

都筑署の建物から出た目崎は、棟方とともにセンター南駅へ足を向けた。

戸塚が最後に話していた内容が、目崎の気持ちをひどく重くさせていた。

棟方も、俯き加減に歩いている。その様子は、野島啓二や蓑田裕一の仕出かしたことと、それに対する刑罰が不釣り合いだと考えているように感じられた。

「少年法というのは、まったく言語道断な法律ですね。――棟方さんは、戸塚さんのさっきの話を聞いて、どう思いましたか」

肩を並べている棟方に、目崎は言った。

「どう思うって、おまえさんは、何を訊きたいんだ」

むっつりとした顔つきのまま、棟方が訊き返した。

「十七歳の場合は、たとえ悪質な罪を犯しても、裁判で量刑が減免されるという点についてですよ」

「不満なのか」

「当たり前じゃないですか。未成年でも重大な罪を犯した者は、成人と同じように厳しく罰せられるべきですよ」

「十七歳なら、更生の可能性が大きいという判断だろう。心も体も、大人になりきってはいない未熟な段階だぞ」

「ええ、それくらいは理解しているつもりです。しかし、野島啓二は、それ以前にも喧嘩や窃盗、それに恐喝などの罪を犯して、少年院に収容されているんですよ。それが、出所して、すぐに少女を襲い、無慈悲に殺害している。ちっとも更生なんかしていないじゃないですか。つまり、更生の可能性のあるなしなんてことを、法律に持ち込むこと自体が、大きな間違いですよ。同じ人間が犯した罪で、年齢によって量刑に差が付くという考え方に、私はやはり納得がいきません。法律は、すべての人間のもとに平等にあるべきです」

言いながら、目崎は胸の裡で、殺された父親のことを考えていた。父親の悟史を刺殺した男は目撃されたのは後ろ姿だけだが、若い男だったらしい。もしも、そいつが未成年だったとしたら、現在、成人に達していたとしても、捕まった際には、未成年のときの罪として裁かれてしまう。理屈では分かっていても、絶対に受け入れがたい気持ちだった。人を殺しておきながら、そいつは、いまも大手を振って街を歩き、平然と生活しているのだ。いまさらながら、抑えがたい怒りが込み上げてくる。

「ずいぶんと杓子定規《しやくしじようぎ》な考え方だな」

棟方が、かすかに小馬鹿にしたような口調で言った。

目崎は足を止めた。

「杓子定規？　杓子定規がいけませんか」

棟方も歩みを止めて、向き直った。

「法律は、理論によってだけ成り立っているものじゃないぞ」

「理論以外に、何があるんですか」

「法律を司《つかさど》る人間の心や情だ」

「だったら、田神茂さんが口にした復讐を実行したとしても、それを認めるんですね」

「いいや、認めない」

断固とした口調で、棟方は言った。

「だって、さっき、父親の思いとしては分からないこともないって、そうおっしゃったじゃないですか」

「無惨に殺された娘を悼《いた》み、仇討したくなる気持ちは痛いほど分かる。しかし、法律上許されないことは、決してすべきではない」

「しかし、法律の厳罰化は、現実の趨勢《すうせい》なんですよ。平成二十二年に死刑に相当する重大犯罪の公訴時効が撤廃されたのが、そのいい例じゃないですか。ここにもある意味、復讐の意味合いが込められていると言えませんか」

「それは、凶悪な犯罪に巻き込まれた、被害者家族の処罰感情の反映だろう。ほんのささいな動機や、遊び半分の思いから、とんでもない犯罪に走る傾向が顕著になっているからな。しかし、その一方で、厳罰化が必ずしも犯罪の抑止効果に直結していないという指摘もあるぞ」

「いいえ、そんな理屈をいくら持ち出してみたところで、あんなひどい殺され方をした田神真理さんの無念は少しも晴れないし、たった一人の娘を奪われた田神茂さんの恨みが、いささかも薄らぐことはないでしょう」

「考え違いをするな。俺たち警察官は、法律で定められた枠の範囲内で捜査し、犯人を逮捕する、ただそれだけだ。人間の考え方まで拘束することはできんし、そもそも他人から強制される筋合いのものじゃない。何にせよ、人間は法を破ってはいかん」

「ルール第一。だから、ほかの刑事たちとうまく折り合いをつけるのも嫌なんですか」

目崎は、思わず言ってしまっていた。

だが、何も言わずに、棟方は目崎に目を据えている。

そのとき、棟方の背広の内ポケットあたりで、携帯電話が鳴動した。だが、一向にポケットから携帯電話を取り出そうとしない。

呼び出しメロディーが、ずっと鳴り続けている。

「棟方さん、電話に出なくていいんですか」

我慢できなくなって、目崎が言った途端、呼び出しメロディーが途絶した。そして、今度は目崎の内ポケットのスマートフォンが鳴動した。慌てて携帯電話を取り出す。着信画面に、《宮路》の文字があった。

「はい、目崎です」

棟方が目を瞬いた。

《宮路だ。凶器と推定される出刃包丁が見つかったぞ》

「どこで見つかったんですか」

《石神井公園の南側だ。おまえと棟方が地取りするはずだった区域だぞ。すぐに戻ってこい》

「了解しました」

電話を切ると、目崎は棟方に言った。

「凶器が見つかったそうです。場所は、石神井公園の南側、私たちが地取りするはずだった地域です」

だが、顔色一つ変えずに、棟方が訊いた。

「凶器は何だ」

「出刃包丁です」

棟方が、再び駅に向かって歩き出した。

目崎もその後に従った。


昼間の石神井公園は、事件発生時の夜間の情景から一変した印象を与えた。入道雲の立ち上る夏空を背景に、強い日差しを浴びた緑が目に眩しい。油蟬の鳴き声も喧《やかま》しく、すでに封鎖解除となった公園内には、親子連れや子供たちのグループが走り回っていた。ゆったりとした足取りで散歩を楽しんでいる年寄りの姿も少なくない。

もっとも、野島啓二の刺殺体が発見された場所には、マイクを手にしたニュースレポーターらしき男性と、それを撮影するカメラやマイクを手にした撮影クルーの集団がいた。

だが、そんな光景も、目崎が胸に抱え込んだ陰鬱な気持ちを、少しも吹き払ってはくれなかった。棟方の主張が正論だと分かっていても、気持ちの上では、どうしても受け入れがたいものを感じてしまう。罪を犯しても、満十八歳未満ならば量刑が減免されるという厳然たる事実。そして、非道な行いの果てに少年刑務所に収監されながら、更生した気配が微塵も見られなかった野島啓二。そして、彼の死。

凶器の出刃包丁が発見されたのは、宮路からの連絡通り、石神井公園の南側、公園の敷地と三宝寺の間を東西に走る道路の側溝の中だった。

事件当夜、遺体発見現場近くから逃げ出したらしい足音についての第一発見者の夫婦による証言や、ジョギング中の中年男性の目撃証言などを受けて、何か手掛かりがないか、公園の西側全域について植え込みや雑木林を人海戦術で捜索し、池の中にまでダイバーを潜らせて調べた。その結果、比較的目につきやすい場所で一人の捜査員が発見したのだという。

目崎と棟方がその場所に近づくと、側溝周辺にはすでに規制線が張られており、周囲に、第三係の捜査員たちが集まっていた。その中に、宮路も含まれていた。

棟方と目崎が近づくと、宮路があからさまに不愉快そうな顔つきになり、あたりに聞こえるような大きな声で言った。

「棟方、これでおまえの我儘《わがまま》が、どれくらい捜査の足を引っ張っているか、よく分かっただろう」

棟方が立ち止まり、かすかに苦々しい顔つきになった。目崎も傍らで、その顔つきと宮路の姿を交互に見やった。事件発覚の晩、宮路の命じた通りにこの周辺を《地取り》していれば、もっと早くに凶器が発見されたかもしれないと言いたいのだろう。

だが、棟方は無言のまま、黄色いテープを潜った。

目崎も慌ててその後を追った。

側溝に片足を入れて、青い制服姿の鑑識課員が黙々と現場検証を行っていた。写真撮影が繰り返されており、そのレンズの先に、側溝に横たわる出刃包丁があった。

刃渡りは、二十センチ近くはあるだろう。切っ先が刃こぼれしており、刃に血糊《ちのり》がべったりとこびりついていた。しかも、柄《え》の部分にも、手指の形の血糊が付着している。

目崎は、殺害された野島啓二の激痛までが想像できるような気がした。

「出刃包丁以外、何か遺留品は見つかったのか」

棟方の問いに、一人の鑑識係が振り返った。

「いいえ、微物《びぶつ》一つ、発見できていません」

うーん、と棟方が唸る。

目崎は、棟方の考えていることが見当もつかなかった。

棟方は規制線の外に出た。

仕方なく、目崎も後に続いた。

近くに、相米の姿があった。

「おかしいと思わんか」

棟方が言った。

歩み寄った相米がうなずく。

「ああ、現場近くに凶器を遺棄するなら、途中にある《ひょうたん池》とか、うんと広い《三宝寺池》だろう」

「ああ。しかも、わざわざ公園の外の道にまで来ておきながら、もっと見つけにくい場所もあったろうに、簡単に見つかる側溝のような場所に捨てているぞ」

考え込んだ二人を、目崎は当惑した思いで見つめていた。

三

「科捜研の分析によれば、凶器の出刃包丁は、被害者である野島啓二の背中の二か所の傷と、形状の点で完全に一致したとのことです。また、付着していた血液型も被害者のものと一致しました。ただし、被害者の血液型はB型ですが、一部、A型の血液も検出されたとのことです――」

講堂内を埋め尽くしている捜査員たちから、ざわめきが広がった。

凶器の出刃包丁を振るったとき、犯人が自らを傷つけてしまったのだろう。それは同時に、容疑者の血液のＤＮＡとの照合により、容疑を確定できる重大な物証が手に入ったことを意味している。

捜査会議は、午後十時から始まっていた。目崎は、自分の執務手帳に、《出刃包丁》

《血液》《被害者　B型》《犯人　A型》と記した。手帳の半分ほどの頁が、すでに書き込みで埋まっている。だが、事件の様相は、まだ五里霧中としか思えなかった。

　むろん、捜査本部は、すでに一人の人物に着目していた。十二年前に、野島啓二によって殺害された田神真理の父親、田神茂である。当然、捜査本部では、有力な参考人として田神茂に注目しているが、現在まで、その容疑を確定させるような証拠や証言は浮上していなかった。もちろん、運よく、田神茂の血液や髪の毛などを入手できれば、話は変わってくるかもしれない。しかし、現段階で、田神茂のＤＮＡ鑑定を行えるような状況ではなかった。

「次に、野島啓二の《鑑》を取っている組」

　はい、という返事とともに、二名の捜査員が起立した。そのうちの背の高い方が口を開いた。

「野島啓二の母親の野島初子から、少年刑務所を出所後の勤め先を聞き出して、その勤め先に回ってみました。場所は、埼玉県の和光市《わこうし》にあり、仕出し弁当や惣菜を作る小さな民間工場が仕事場でした」

「どういう経緯で、そこに勤めることになったんですか」

　後方の捜査員から質問が飛んだ。

「はい、今年の一月に川越の少年刑務所から出所したものの、野島啓二にはなかなか協力雇用主が見つかりませんでした――」

　協力雇用主とは、定職に就くことの難しい保護観察処分を受けた者や、前科・前歴がある人間を、その事情を承知のうえで一般人と同じ条件で雇用して、更生に協力する人間のことである。

「――二月に入ってからのことですが、その民間工場の経営者が、雇用に名乗りを上げてくれたことから、住み込みで働くことが決まったのだそうです。その仕事内容は、主に惣菜の箱詰め作業でしたが、そのほかに、仕出し弁当の配達も手伝っていたとのことです」

「住み込みとは、どこで暮らしていたんだ。工場内か、それとも経営者の家か」

　宮路が質問した。

「工場内に設けられた居室です。ほかにも数名、若い独身男性ばかりですが、同じように下宿していたとのことです」

「勤務態度は、どうでしたか」

　管理官の押村が声を上げた。

「経営者の話では、勤務態度は芳しくなかったとのことです。仕事の持ち場を平気で離れて、工場の裏手で煙草を吸ったり、配達に行っても、なかなか戻ってこなかったりしたそうです」

「友人や、付き合っている女性はいましたか」

「その点も確認してみましたが、友人はいなかったようです。というより、工場の同僚たちはどうやら、野島啓二のマエを知っていたらしくて、敬遠していたようです。また、野島啓二は女好きだったそうですが、女にモテるタイプではなく、付き合っていた相手はいなかったとのことでした」

「趣味や遊びについては、どうでしたか」

「協力雇用主の計らいとはいえ、給料は寮費を引けば小遣い程度しか残らなかったとのことで、遊びに行くほどの金はなく、いつも下宿でゴロゴロしていたらしいですから、暮らしぶりは決まりきったことの繰り返しだったと見て間違いないと思われます」

「ひと月前に辞めたということは聞いているが、具体的には、いつ辞めたんだ。そこ、重要だぞ」

雛壇の捜査一課長の柿崎が、いきなり口を挟んだ。

「はい、仕事を辞めたのは、一応、七月十五日ということになっています」

捜査員の口調にかすかな躊躇いが籠もっていた。

「一応？　それは、いったいどういう意味だ」

「住み込んでいた部屋から、黙って姿を消してしまったんです」

「黙って姿を消した？」

「ええ、身の回りのものを持って、突然いなくなったそうです」

「だったら、雇用主に何の挨拶もなしに、トンズラしたってことか」

「その通りです。同じ職場の同僚にすら、一言の挨拶もなかったとのことです」

うーん、と渋い顔つきになった柿崎が唸った。

そのとき、目崎の隣に座っていた棟方がいきなり言った。

「先ほど、なかなか協力雇用主のなり手がいなかった野島啓二に対して、埼玉県和光市にある民間工場が名乗りを上げてくれたということでしたけど、どういう関係で、その工場の経営者が名乗りを上げたんですか」

「えーと、ちょっとお待ちください――」

言うと、捜査員が手元の手帳の頁を慌ただしく捲る。だが、質問に対する答えがなかったらしく、もう一人に向かって何ごとか問いかけている。だが、訊かれた方も、困惑気味の顔つきでかぶりを振った。

「そこ、どうした。調べが抜けているのか」

宮路の叱責が飛んだ。

「もう一度、確認してまいります」

狼狽《うろた》え気味に、捜査員が声を上げた。

捜査会議が終わったときには、とうに午前零時を過ぎていた。

ざわめきが支配する講堂内には、三々五々と集まって話し込んでいる捜査員たちがいた。目崎の隣に座っていた棟方は、とうに席を立って、出ていってしまっていた。たぶん、一人でビールでも飲みに行ったのだろう。

手持ち無沙汰の目崎は、どこかへ憂さ晴らしに出ようかと周囲を見回した。すると、手帳を鞄に仕舞っている相米の姿が目に留まった。ふいに思い付いて、彼は相米の席に近づき、声を掛けた。

「相米さん、ちょっといいですか」

「おう、目崎さんか。どうした」

顔を上げて、相米が鷹揚に返す。

「棟方さんとは、お親しいようですね」

「ああ、本庁と所轄署を異動で行ったり来たりしているうちに、何度か同じ部署になったことがあるし、こんな風に特捜で、一緒に汗をかいたことも結構あったからな」

「でも、第三係のほかの人たちは、あの人を無視したり、嫌ったりしていますよ」

その言葉に、相米の顔から笑みが消え、慌てたように周囲を見やると、いきなり立ち上がり、無言のまま目崎の肩を押すようにして、講堂の外の通路へ連れ出した。そして、人けのない場所へ来ると、手を離して、つかの間俯いたものの、やがて顔を上げた。

「棟方の一人息子の葬儀が執り行われたのは、五年前のことだったよ」

「息子さんの葬儀――」

相米が唐突に口にした言葉に、戸惑いを覚えるとともに、やはり、何か裏があったんだ、と目崎は思った。

相米が続けた。

「ああ、詳しいことは知らんが、急死だったらしい」

「お幾つだったんですか」

「歳は、確か二十五か、六だったんじゃなかったかな。棟方の息子は公務員だった。葬儀の会葬者は驚くほど多かったし、その中に厚労省の幹部連中の顔があったから、たぶん、厚労省に勤めていたんだと思う――」

目崎には、返す言葉が見つからなかった。自分と、ほとんど同じ歳ではないか。

「――それはともかく、それまで刑事畑で抜群の成績を上げていて、ゆくゆくは昇任試験抜きでも警視まで行き、管理官になるんじゃないかって噂されていた棟方が、その息子の死を境に、人が変わっちまった」

「人が変わった？」

「ああ、そうだ。葬儀の席でも、あいつは完全に虚脱して、文字通り魂が抜けたようになっていたよ。早くにかみさんに死なれて、以来、親子二人暮らしだったんだから、無理もないかもしれん」

　またしても、目崎は言葉に窮した。自分も肉親に死に別れて、辛い思いを背負ってきたのだ。そう思うと、棟方の頑なで偏屈な態度の一つ一つに、納得できる点を見出したくなる。

　目崎の内心を読んだかのように、相米がかすかにうなずき、続けた。

「それからのことさ、棟方が組織の枠組みを平然と逸脱するようになったのは。むろん、宮路係長を始め、ほかの連中は苦々しく思っているし、それも当然だろう。ところが、管理官の押村警視だけは、何かにつけて、棟方を庇《かば》う。だから、ますます互いの溝が深まる。その悪循環ってやつさ。俺にも、あいつが自ら冷や飯を食う状態に陥っているとしか思えん」

「息子さんの死で、やる気を失ったってことですか」

　目崎の言葉に、相米が小首を傾げた。

「それもあるだろう。だが、誰も知らない、もっと深い理由があるのかもしれん」

「どうして、そう思われるんですか」

「さっき言った息子の葬儀の時に、会葬に訪れた押村警視と棟方の間で、一悶着あったからさ」

「一悶着？」

　相米がうなずく。

「腑抜けたようになっていた棟方が、焼香のために進み出た押村警視に気が付いた途端、いきなり席から立ち上がると、激昂して押村さんに殴り掛かり、周囲の者たちに取り押さえられるという場面があったんだ」

「どうして、そんなことになったんですか」

　相米がかぶりを振る。

「理由は、誰にもまったく分からん。当人たちにしかな。だがな、一つだけはっきりしていることがある。棟方に殴り掛かられた押村さんが、まったく抵抗しなかったことさ。つまり、二人の間に、ほかの人間の窺い知れない何かがあったということだろう」

　目崎は、息を呑んだ。

　すると、仄暗《ほのぐら》い目つきになった相米が続けた。

「その後、小金井《こがねい》署の副署長だった押村さんが、本庁へ戻り、棟方の所属する第三係の管理官に異動してきた。だが、その頃には、棟方はもうすっかり抜け殻になっていて、捜査への情熱を失い、ほかの面々ともほとんど意思疎通をせず、好き勝手に動くようになっていたと聞いている。係長の宮路警部が、お荷物の棟方に新人の教育係を申しつけたらしいが、これがまた裏目に出て、あいつは二人の新人に散々冷や水を浴びせて、一人は刑事を辞めさせてしまったそうだ。警察は《村社会》と呼ばれるくらいだから、噂はすぐに耳に入ってくる。その二人は、所轄署でかなりの成績を上げていたから、捜査能力もあったろうし、何よりも如才ないやつらだったというから、意外な気がしたのを覚えている。俺が最初に顔を合わせたとき、あんたも大変だろうと言ったのは、そのせいさ」

目崎は考え込んだ。棟方の態度が、ようやく腑に落ちた気がしたのである。

「だったら、私の教育係を棟方さんに命じたのも、やはり宮路係長だったんですか」

相米がゆっくりとかぶりを振った。

「いいや、それは違うと思う」

「なぜ、そう言えるんですか」

「言い方は悪いかもしれんが、宮路さんは機を見るに敏《びん》な人だし、さらなる出世を狙っている。自分の下に入って来た若手刑事を一人は辞めさせられて一人は異動になって、そのうえさらに、おまえさんまでが逃げ出す事態となれば、あの人にとっても黒星だ。まして、目崎さん、おまえさんは警察庁のお偉いさんの甥だそうじゃないか。宮路さんが、そんな危ない橋を渡ったりすると思うか」

「だったら、誰が――」

言いかけて、目崎は黙り込んだ。初めて本庁の捜査一課に出頭したときのことを思い出したのである。

《いずれ、係の全員に紹介する機会を作るが、とりあえず、きみの指導係は棟方警部補と決めてある。すぐに挨拶しておいてくれ》

管理官の押村警視の言葉が、目崎の耳に甦った。どのような意図があって、押村警視は自分を棟方に押し付けたのだろう。いくら考えても、何一つ答えは見つからなかった。

すると、相米が言った。

「だがな、俺は今回の事件の初動捜査のときに、おや、と思ったんだぜ」

「どういうことですか」

「棟方の目に、昔と同じような光が宿っているような気がしたからさ」

「昔と同じような光――」

目崎の言葉に、相米がうなずく。

「ああ、犯罪を憎み、捜査に命をかけることを少しも厭《いと》わない刑事魂ってやつだ」

「しかし、私に何も教えてはくれませんよ――」

目崎は思わず言った。そして、今回の事件で、最初に石神井公園駅近くの飲み屋で聞き込みをしたときの様子を手短に説明した。

途端に、相米が破顔した。

「それが、昔からの棟方流さ。刑事は教わるものじゃない。自分の頭で考えろ。教わったものは、そのときは理解できる。だが、状況や条件が異なれば、応用が利かない。しかし、自分が考えて、工夫したやり方は、いつでも、どこでも応用可能だ。それが棟方の言い分だし、俺も同感だ。――しかも、そうは言いながら、あいつは、被害者の遺体の体温の低下について、おまえさんに、実地に必要な情報を伝えていたじゃないか。もう忘れちまったのか」

目崎は息を呑んだ。

四

目崎がハンドルを握る覆面パトカーは、国道二五四号線を走行していた。丸ノ内線の茗荷谷《みょうがだに》駅を左手に見ながら進み、さらに不忍《しのばず》通りと交差する大塚《おおつか》三丁目交差点を突っ切り、その先の新大塚駅のあるY字路を通過した。

助手席には、いつものように眠たげな顔つきの棟方が座っている。二人には、野島啓二のここひと月の足取りを探るという使命が与えられており、その手始めとして、埼玉県の和光市にある弁当工場を訪ねるところだった。

午前九時半過ぎの春日通りは、日曜日の池袋の割に比較的空いていた。日差しが厳しく、効きの悪いクーラーのせいで、車内はいささか蒸し暑い。

　本庁を出発するときに、目崎は棟方に言われる前に、自分から運転席に乗り込んだのだった。もちろん、運転手役が自分であることは当然であったものの、パソコンとともに、彼は車の運転が大好きなのだ。もっとも、自宅の自家用車は、シルバーメタリックのジャガーXFだが、いま運転しているのは、白のトヨタ・カムリである。

　野島啓二殺人事件の捜査は、《地取り》から、被害者の人間関係や利害関係、他人との悶着の有無などを探る《鑑取り》に重点が移されていた。

　中でも、捜査本部が最も注目していたのは、かつて野島啓二が強姦した上に殺害した田神真理の父親、田神茂だった。とはいえ、一つの大きな謎が捜査陣の前に立ちはだかっていた。すなわち、少年法の壁に阻まれて、田神茂は野島啓二の氏名はおろか、実家の住所、さらに現住所を知るはずがないという点である。むろん、野島啓二がどこの少年刑務所に入所し、いつ出所したかも分かるはずがない。

　そこで、田神茂についての内偵を進める一方で、ほかにも野島啓二と接点のあった人間を洗い出すことに決したのである。その粗暴な性格や、過去に喧嘩騒ぎを起こしていたことなど、田神茂以外にも、野島啓二に恨みを抱いている人物は少なからず存在することが想像されたからだった。こうした推定にもとづいて、かつての不良仲間や、中学と高校の同級生について、捜査員が調べを開始することになったのだ。

さらに、少年刑務所を出所後、やっとありついた勤め口を、わずか五か月ほどで突然辞めてしまったことにも、捜査本部は改めて着目していた。もしかすると、和光市の仕事場周辺で、野島啓二に思い切った行動を取らせる何かが起きていたのかもしれない、と。

「野島啓二は、どこから金を手に入れていたんでしょうね」

ハンドルを操作しながら、目崎は棟方に言った。

「石神井に移ったあと、働いていた気配はなし。母親からの仕送りもなし。そのくせ、二日に一度は飲み屋に顔を出して、気に入った女性にちょっかいを出していた。これは、どう考えても、まともに稼いでいたとは思えんな」

珍しく、話に乗ってきた棟方が言った。

「何らかの犯罪に手を染めて、大金を手に入れていたのかもしれませんよ。その金のことでトラブルとなり、仲間割れから刺された。こんな筋読みは、どうですか」

「その線は、まずないな」

かすかに小馬鹿にしたような口調で、棟方が言った。

「どうしてですか」

「野島啓二がフランクミュラーをしていたのを、覚えているか」

「ええ、高級時計でしょう」

「刑事になりたての頃、盗犯捜査で質屋廻《グニや》りを嫌というほどさせられたもんだ。そこで、おまえさんがしているようなインターナショナルやフランクミュラーが、どれほどの贅沢品かを知ることになった。同時に、そういった品物を質入れする連中がどんな手合いかも、目にする機会がしばしばあった」

目崎は驚きを覚えた。関心がないように見せて、いつの間に、棟方はこちらの時計を確認したのだろう。だが、目崎は表情を変えずに言った。

「どんな連中だったんですか」

「野島啓二みたいなやつさ」

意味が分からず、正面を見据えたまま、目崎は小首を傾げる。

「それは、どういう意味ですか」

「その先は、自分の頭で考えろ」

思わず、ため息を吐きかけたものの、目崎はふいに相米の言葉を思い出した。

《自分が考えて、工夫したやり方は、いつでも、どこでも応用可能だ。それが棟方の言い分だし、俺も同感だ》

よし、こうなったら、絶対に正解を見つけ出してやる、と目崎は思い直した。そして、事件が発生した晩、石神井公園の雑木林の中に倒れていた野島啓二の遺体を思い浮かべた。黒い髑髏柄のTシャツにカーキ色のスキニーパンツ、それに素足に赤いクロックス。髪の毛がワックスで逆立っていた。野島啓二みたいなやつ、と棟方が言ったのは、いったい何を差しているのだろう。

待て——

棟方は、フランクミュラーが贅沢品だと言ったのだ。

ふいに、目崎は答えを思いついた。

「棟方さん、一点だけ豪華な品物を身に着けているという意味じゃないですか。つまり、ほかのものは安物なのに、時計だけ身分不相応なものを持っている連中、そうおっしゃりたいんでしょう」

目崎の勢い込んだもの言いに、棟方が無言のまま目を向けている。それから、気怠《けだる》そうに言った。

「だったら、野島啓二は、どうしてそんな時計を手に入れることができたと思う」

「それは——」

目崎は答えに窮した。棟方の言う通りに、野島啓二が何らかの犯罪に手を染めて、大金を入手したとしたら、腕時計のみならず、服装や靴に至るまで、それなりのブランドものを揃えたことだろう。何しろ、あの男は、池戸まなみにご執心だったのだ。好みの女性の前で、格好付けたいと思うのは、男の性《さが》みたいなものだ。

と、そこまで考えたとき、目崎はふいに別のことに思い至り、棟方に目を向けた。初動捜査の晩、この人が宮路係長より割り当てられた《地取り》の受け持ち区域を無視して、石神井公園駅周辺の飲み屋に聞き込みを掛けたのは、野島啓二が身分不相応な高級腕時計を身に着けていたことから、それを誰かに見せびらかす意図があったと考えたのではないだろうか。

若い男が、贅沢品を見せびらかすとしたら、その相手は、まず女性だろう。それも、若い女性だ。しかも、遺体を検《あらた》めていたとき、棟方は身を屈めて、匂いを嗅いでいた。あのとき、すでに酒の匂いを感じていたのだ。つまり、時計を誇示する相手は、飲み屋の店員。だが、野島啓二の風体《ふうてい》からして、そこまで懐が暖かくなかったとしたら、出入りする店は限られてくる。チェーン店なら、コスパはいい。

なるほどと思い、目崎は言った。

「盗んだのかもしれませんよ」

「いいや、それは外れだ」

にべもなく棟方がかぶりを振った。

「どうしてですか」

「盗んだ物を、平然と身に着けておくと思うか。まして、野島啓二はワルだったんだぞ。パトロール中の警察官に職質されたら、すぐにボロが出ることくらい、考えつくだろう」

「だったら、棟方さんは、どうやって手に入れたと考えているんですか」

だが、それには答えず、棟方はシートを倒すと、

「ひと眠りする。和光市に着いたら、起こしてくれ」

と言うと、腕組みして瞼を閉じてしまった。

なんだ、自分だって、分からないいんじゃないか――

そう思ったものの、もしかしたら、棟方には見当がついているのかもしれない、という考えも捨てきれず、答えを探し続けた。


《梅本食品《うめもと》》の工場は、和光市新倉《にいくら》一丁目にあった。

周囲はアパートやマンション、それに一戸建てなどが立ち並ぶ住宅街だったが、その中にプレハブ造りの小さめの倉庫のような建物がある。出入り口前に、白いライトバンと黒いワゴン車が停められていた。その駐車スペースに、目崎はトヨタ・カムリを停車させた。日曜日ということで、工場が休みであることを危惧して、朝一で電話を入れたところ、急ぎの仕事が入り、今日も工場が開いていることを確認してあった。

「棟方さん、着きましたよ」

エンジンを止めて、彼は助手席の棟方に声を掛けた。

棟方が目を開き、一つ咳払いすると、言った。

「もう着いたのか」

そう言うと、ドアを開けて外へ出た。

目崎も運転席側のドアから車外に降り立った。

たちまち、蒸し暑い外気に身を包まれ、蟬の鳴き声が耳を聾した。額に掌を翳して見上げると、抜けるような青空に純白の入道雲が立ち上っている。目の前の建物の上部に換気扇の開口部が、ずらりと四つも並んでおり、惣菜を煮る醬油の香ばしい匂いが鼻を突いた。

「腹が減りますね」

目崎は思わず言った。

だが、棟方はそれには答えず、「行くぞ」と顎をしゃくった。

工場に入ったエントランスの右側が事務所になっていて、正面の奥に、透明なビニールシートが天井からカーテンのように垂れており、その先に作業場の内扉があった。事務所と反対の壁際には、青いポリタンクが積み上げられ、小さなテーブルも置かれていた。テーブルの上には、水筒、魔法瓶、湯飲み茶碗、また、吸い殻の入った灰皿もあった。休憩スペースなのだろう。

目崎は事務所のガラス窓を開けて、中にいた中年女性に声を掛けた。

「すいません。責任者の方にお会いしたいんですが」

事務机で帳簿のようなものに書き込みをしていた中年女性が、顔を上げた。白い上っ張りを身に着けており、下も白いズボン。それに白の長靴という全身白のなりである。顔が赤らんでいる。胸にバッジをつけており、《根岸》と記されていた。

「どなた様でしょうか」

「警察です。警視庁の目崎と申します」

言いながら、目崎は警察バッジの身分証明書を提示した。

「同じく、棟方です」

棟方が同じようにすると、続けた。

「梅本さんは、いらっしゃいますか」

「社長でしたら、いま作業中ですから。ちょっとお待ちください。ただいま呼んでまいりますから」

そう言うと、中年女性は頭にビニール製の帽子のようなものをすっぽりと被り、事務所の中の内扉を開けて、中に入ってしまった。野島啓二が働いていた仕事場には、すでに二組が聞き取りのために訪れているので、どんな用件で目崎たちが訪ねてきたのか、見当がついているという感じだった。

五分ほどして、いきなり正面の内扉の方が開いて、ビニールのカーテンを押し開くようにして、太った男性が姿を現した。さっきの女性と同じ上っ張りにズボン、それに白長靴のスタイルで、やはり頭にビニール製の帽子を被っており、大きなマスクを掛けていた。肌が露出しているのは、目の部分だけである。

「私が社長の梅本貞吉《さだきち》ですけど」

マスクと帽子を取り、額の汗を拭いながら、梅本が言った。さらに、両手に嵌《は》めていたビニール製のグローブを外す。食品を扱う仕事柄、衛生管理に気をつけているのだろう。

六十過ぎくらいだろうか。下膨《しもぶく》れの顔で、眉が太く、大きな目と小鼻の張った鼻、それに分厚い唇をしている。薄い髪が汗で頭に貼り付き、髭の剃り跡が濃く、一見して、人の良さそうな印象を受けた。

「警視庁の棟方です」

今度は棟方が先に名乗り、警察バッジの身分証明書を示した。

「目崎です」

目崎も低頭しながら、それに倣う。

「仕事中のお忙しいところを申し訳ありません。すでにほかの捜査員がお伺いしたと思いますが、こちらで働いていた野島啓二さんについて、改めてお話をお聞かせ願いたいと思いまして」

「そりゃかまいませんけど、野島のことだったら、以前に見えた方々にあらかたお話ししたし、いまさら、新しいことなんて何もないと思いますけどね」

梅本が、ガラガラ声で言った。

「ええ、それは心得ていますけど、それでも質問する人間が替われば、ひょんなところから思いがけない事実が飛び出してくる可能性もありますから」

懇願の口調で、棟方が言った。

「なるほど、そちらさんの狙いは、瓢簞《ひょうたん》から独楽《こま》ってやつですか」

梅本が豪快に笑った。

「では、お訊きしますが、野島啓二さんを雇われた経緯から、詳しくお話しくださいますか。聞けば、なかなか仕事口の見つからなかった野島啓二さんのことを知って、梅本さんの方から手を挙げられたそうですね」

棟方の言葉に、梅本が鼻息荒く言った。

「そりゃ、刑事さん、若い人の更生に協力するのは、市民の義務みたいなものじゃないですか、違いますかね」

「しかし、彼の実家は都下の町田で、ここはずいぶん離れていますよね。どうして、野島啓二さんのことを知られたんですか」

「ちょっとした知り合いから聞いたんですよ」

「ちょっとした知り合い？　どなたですか」

「仕事関係でけっこう付き合いのある方ですよ。その人から、野島のことを教えられたんですよ。働き先が見つからずに、困っているって」

「なるほど、野島啓二さんがこちらに勤め始めたのは、具体的にはいつからですか」

「えーと、確か、二月上旬——そうそう、確か二月四日からだったかな。その日は、家内の誕生日なんですよ」

そう言うと、上っ張りのポケットから、セブンスターの箱を取り出して、一本抜くと、百円ライターで火を点けた。

「すみません。仕事中は吸えないもんで」

ガラガラ声で言うと、煙を吐きながら梅本が笑った。

棟方がうなずく。

「かまいませんよ。ニコチンが切れるっていうのは、かなり辛いもんですからね。——だったら、野島啓二さんの仕事ぶりはどうでしたか」

その言葉に、梅本が真顔に戻った。

「とんでもないやつでしたね」

「とんでもないやつ？」

「ええ、何かというと仕事を面倒くさがるんですわ。うちじゃ、仕出し用の弁当のほかに、パーティー用のオードブルのセットとかも作っているんですけどね。ローストビーフとか、サーモンのマリネとかは、ケースに詰めるときに、見栄えを良くするために、並べ方に一定のルールってものがあるんです。サーモンのマリネを二つ折りにして、そのうえにケッパーを一粒ずつ置くっていう具合にね。ところが、あいつはそれを置かなかったり、平気で手抜きをするんです。そのうえ、ちょっと目を離すと、仕事場を抜け出して、裏で煙草を吸ったりしている。そんなことがしょっちゅうでした」

「なるほど、そりゃ確かに、とんでもない。ニコチンが切れることぐらい、勤務中は我慢しなくては」

棟方が言った。

するると、梅本が続けた。

「でしょう。しかも、刑事さん、うちには外国からの技能実習生を受け入れているんですけどね、そのベトナムや中国の若いやつらとも揉めるんですよ」

「揉める?」

「ええ、いま話しましたように、目を離すと、野島はすぐにズルを決め込むわけですけど、流れ作業をやっていれば、当然、その後の工程を受け持つ者にしわ寄せが行くじゃないですか。うちに来ている技能実習生は、幸いなことに、みんな比較的真面目で、大人しいやつらなので、ずっと我慢していたらしいんですわ。だけど、そんな野島のいい加減な態度に、さすがに腹に据えかねたんでしょう。一人のベトナム人が、ちゃんとやれよって、野島に注意したんですな。そうしたら、あいつはいきなり激昂して、《てめえたちゴミは、とっとと巣に戻りやがれ》なんて意味もなく怒鳴り返したんですわ——」

憤懣に堪えないと言うように、梅本が盛大に息を吐いた。

「それは、いつのことですか」

手帳にいつものように几帳面な字で書き込みながら、棟方が訊いた。

「前にも、別の刑事さんから質問されて、よくよく考えてみたんですが、あれはここから姿を消す一週間前でしたね」

「仕事を辞める——いいや、野島啓二さんがここから姿を消したのは、七月十五日と聞いていますが、だったら、揉めたのは七月八日と考えていいんですね」

「ええ、たぶんその日だったと思います」

「それから、どうなりました。技能実習生との関係は？」

「相当に険悪でしたね。元々、国が違えば気質も違うじゃないですか。そのうえ、言葉も片言だし、だいいち、彼らは外国にいるってことで、それでなくても張り詰めた心で、いつも身構えているわけでしょう。しかも、野島も技能実習生もここの裏手に住み込みですから、一触即発って感じでした」

「特に揉めていた人間はいませんでしたかね」

さりげない口調で、棟方が言った。

その質問は、目崎の喉元まで込み上げていたものだった。技能実習生。外国人。気質の違う人間同士の反目。怯《おび》えと嫌悪が、憎しみと殺意に変わる。そして、夜の公園で待ち伏せして、二度にわたって刺す。筋は通るように思えたのである。

「まさか、野島を殺した犯人が、技能実習生の中にいるってお考えなんですか。そりゃ、やばいな」

梅本が困惑の顔つきになり、テーブルに置いてある灰皿で気忙《きぜわ》しい感じに煙草の火を揉み消した。

「どうなんですか。いたんですか」

棟方が質問を重ねた。

うーんと唸ると、梅本が口を開いた。

「いました」

「誰ですか」

「ベトナム人の技能実習生ですよ。グエン・バン・フエという名前で、今年二十四歳になる小柄な大人しい男です」

「その方、いまはどちらに？」

その質問に、梅本が黙り込み、暗い顔つきになった。

「もしかして、いないんですか」

思わず、目崎は口を挟んだ。

「ええ、実は、そうなんです。私もすぐにその筋に届けなきゃいけないと思っていたんですけど、忙しさにかまけて、ついつい先送りしちゃって、どうもすみません」

梅本が頭を下げた。

目崎は、棟方と顔を見合わせた。技能実習生として来日した外国人が、仕事場から逃げ出して、行方をくらます事態は珍しいことではないと聞いていた。中には、技能実習は表向きで、最初から、そうした目的で来日し、ろくに仕事もしないうちに姿を消す例もかなりあるという。その後、国内にいる同胞の伝手《つて》で、非合法な滞在を続けながら、日本人のやりたがらない汚れ仕事や危険な業種に従事するのだ。さらに、犯罪に手を染める者までいるという。それでも、母国で稼ぐよりもはるかに高額の収入を得られる。さらに、本国への送金のシステムまで出来ていると、目崎は聞いたことがあった。日本にいる仲間が金を受け取ると、本国にいる別の仲間に連絡して、手数料を引いた分の金を、家族に手渡すというのだ。

「だったら、そのベトナム人の行方は、まったく分からないんですね」

「ええ、分かりません。今頃、どこでどうしていることやら。それほど悪いやつじゃなかったですし、私も心配なんですよ。道を踏み外したりしなきゃ、いいけど。でも、不法滞在になったいま、ほかにどうしようもないかもしれませんな」

梅本がため息を吐いた。

「そのグエンさんと野島啓二さんが揉めた経緯は、さっきの一件ですか」

棟方が訊いた。

「それもありますけど、実はグエンと野島がいがみ合うようになったのには、もう一つ、別の理由があったんです」

「別の理由？」

「はい。うちの経理を担当している吉岡佳澄《よしおかかすみ》という若い女性に、野島がちょっかいを出しましてね」

「女性問題ですか」

「その通りですわ。佳澄ちゃんはグエンと仲が良かったから、しつこく言い寄る野島のことを嫌がって、それをグエンに相談したらしいんです。で、一度だけ、取っ組み合いになりました」

「それで、どうなりました」

「そりゃ、野島が小柄なグエンを蛸殴《たこなぐ》りにしちゃいましたよ。あいつは、弱いと分かっている相手だと、いきなり襲いかかるんです。だから、慌てて、私やほかの連中が止めに入りました。佳澄ちゃんの見ている前で殴られたんだから、面目を失ったグエンは、野島をひどく恨んでいたようでしたね。で、その出来事の直後に、グエンが姿をくらましたってわけです」

「グエンがいなくなったのは、いつ頃のことですか」

「野島が姿を消す二日前です。相次いで従業員がいなくなってしまい、仕事の人手が足りなくて困りましたよ」

その言葉に、棟方が考え込んだ。そして、顔を上げると言った。

「仕事以外のとき、野島啓二さんは、どんなふうに過ごしていたんでしょう」

梅本が、またしても肩を竦めた。

「パチンコをしたり、酒を飲んだりしていましたね」

「友人は？」

「みんなが敬遠していましたから、友達は一人もいない様子でした――」

そこまで言うと、梅本が躊躇うような素振りを見せたものの、やがて意を決したように言った。

「――実は、野島に前科があると分かるようなことを、私がうっかり口にしてしまったんです、それで――」

引け目を感じているのか、視線を逸らした。

「なるほど。ちなみに、野島啓二さんがここから姿を消す前に、何か前兆みたいなものはありませんでしたかね」

踏ん切りがついたように、梅本が首を傾げた。

「さあ、仕事ぶりについちゃ、さっきお話しした通りで、特段、変わったところはなかったと思いますよ。いつものように午前中は弁当の仕込みをして、午後は、配達の後に翌日のための惣菜の下拵《したごしら》えと、オードブル詰めの作業。毎日、そんなことの繰り返しですから。もっとも、配達に一度出ると、ほんの目と鼻の先でも、平気で一時間くらいは戻ってこないんですよ。そうそう、姿を消す前日のことでしたが、いつもは別の人間が行っていた弁当の配達先に、野島がワゴン車で出掛けたんです。ところが別の配達に行った男が、たまたま、市内のパチンコ屋の駐車場に停められたうちのワゴン車を見つけたんですわ。さては、仕事をさぼって、パチンコをしているなと思ったら、パチンコはしてなかったけど、ワゴン車の中でぼんやりと煙草を吸っていたというじゃないですか。この御注進を聞いていたんで、帰ってきた野島を叱りつけると、道が渋滞していたなんて、しゃあしゃあと嘘を吐くんですからね。で、その翌日にあいつが姿を消したというわけです」

棟方が黙り込み、目崎に顔を向けた。おまえも訊け、という顔つきだった。

「給料は、どのくらいでしたか」

咄嗟の思いつきで、目崎は質問した。

「手取りで、十五、六万円ってところでしたね。あいつは調理師免許も持っていないし、たくさんは払えませんよ」

手帳に《十五、六万円》と書き込み、目崎はさらに言った。

「先ほど、友達はいなかったとおっしゃいましたけど、誰か訪ねてきた人はいませんでしたか」

すると、梅本が視線を宙に向けた。それから、顔を目崎に向けて言った。

「あいつがここで働いていたときには、誰も訪ねてきませんでした。けど、いなくなった後で、来た人ならいましたよ」

「誰ですか」

「法務省のお役人でした。野島のことを色々と訊いてきたんですよ」

目崎は、思わず棟方を見た。眠たげな顔つきの眉を上げて、棟方がもっとやれという顔になる。

「名刺はありますか」

「いいえ、名刺はもらわなかったんですけど、口頭でそう名乗ったので。名前も聞いたような気がしますけど、覚えていません。何しろ、一カ月ほども前のことだから」

「突然、中央省庁の役人が来るなんて、滅多にない事態ですけど、疑わなかったんですか」

「まあ、多少は思いましたけど、野島に関してならそういうこともあるだろうと。それにほら、公務員でも職種によっちゃ、名刺を出さないところもあるじゃないですか。県税とか、そういったところの人は、絶対に名刺をくれないでしょう。あれって、悪用される恐れがあるからでしょうかね」

だが、それには答えずに、目崎は言った。

「何の用件で来たのでしょう」

「だから、野島のことを色々訊いてきたんですよ。仕事ぶりとか、トラブルはないかとか」

「野島が姿を消したことを、その人に話したんですか」

「ええ、お話ししたところ、かなり驚いていました」

目崎は怪訝《けげん》な気持ちになった。もしかしたら、未成年のときに罪を犯した野島啓二が、その後、更生しているかどうかを確かめに来たのかもしれない。しかし、保護観察付執行猶予者でもない限り、刑務所を出所した人間一人一人について、役人が観察したり、問い合わせたりする制度なんて聞いたことがない。

「その方は、どんな感じでしたか。容貌や年齢は？」

「ごく平凡な感じの人でしたよ。髪が癖毛で、丸顔で、度の強そうな眼鏡を掛けていましたね。歳はそうだな、五十前後だったな。でも、服装はきちんとした背広姿でしたよ」

「なるほど、その方は、もちろん、野島が前科の持ち主だということをご存じだったんですよね」

「ええ、それは間違いありません。開口一番に、十二年前に少女に乱暴を働き、殺害した野島啓二は、こちらで働いていますよね、と訊いてきましたから」

　そう言うと、梅本が心なしか顔色を曇らせた。

　その顔つきをじっと見つめていた棟方が、おもむろに言った。

「それにしても、最初にお訊きしたことの繰り返しになりますけど、そんな男を、よくぞ雇う気になられたものですね。ちょっとした知り合いから頼まれただけなら、私なら、絶対にそんな気にならないと思いますけど」

　踏み込み過ぎではないかと、目崎は慌てたが、言われた梅本は黙り込んだ。視線が落ち着きなく揺れている。

「梅本さん、何かわけがあるんじゃないんですか」

　棟方の駄目押しのような問いに、梅本が大きく息を吐き、上目遣いになり渋々という感じで口を開いた。

「野島啓二を雇ったのは、さっきも話したように、知り合いから頼み込まれたからなんですよ」

「その方のお名前は？」

「崔精司《さいせいじ》さんです」

目崎は手帳とペンを梅本に渡し、名前の字を書いてもらった。

「崔さんはどんな方ですか」

「手広く食品関連の事業を展開している方ですよ。苗字からお分かりだと思いますけど、在日ですよ」

「その方から、野島啓二さんを雇ってほしいと頼まれたわけですね」

梅本がうなずく。

「ええ、少年刑務所を出たけど、職にありつけなくて困っているんで、一肌脱いでほしいと頭を下げられましてね。——うちは仕事関連で、崔さんとも取引がありますし、それに、うちのドラ息子の就職先も、あの人の世話だったので、まあ恩返しみたいな感じで引き受けたってわけです」

「しかし、どうして野島啓二さんのことを崔さんがあなたに頼むのでしょう。二人の関係は？」

その言葉に、梅本がかすかに躊躇うような顔つきになった。だが、やがて観念したように言った。

「崔さんは、野島の姉さんと付き合っているんですよ」

棟方を見ると、驚きの顔つきになっている。

梅本が続けた。

「本人からはっきりと聞いたわけじゃありませんけど、あの頼みようからして、真剣に付き合っていて、たぶん、そのうちに結婚する気なんじゃないかなあ」

「なるほど、付き合っている女性の弟が仕事にあぶれて、そのことを彼女が心配しているとなれば、男としては、そのまま黙っているわけにはいかないということですか」

「ええ、恐らくそうでしょう。とはいえ、いまとなっちゃ、こんな言い方はすべきじゃないと思うけど、あんな前科があったら、どう考えたって、野島は白いワイシャツにネクタイを締めるような洒落た仕事にありつくことは、できっこありませんでしょう。そこで、白羽の矢が立ったのが、うちみたいな手間暇ばかりかかって年中人手が足りない零細な弁当屋だったたってことなんでしょうね」

「だったら、梅本さんは、野島啓二さんの前科を詳しくご存じなんですね」

「そりゃもちろんですよ。崔さんからどんな事件を起こしたのか聞きましたから――」

そう言うと、梅本が再び煙草を口にくわえて火を点け、それを吸い、ため息を吐くように盛大に煙を吐き出し、続けた。

「正直言って、十二年前の事件のことを聞いたときには、この話を断ろうかと思いました。だって、あまりにもひどい事件じゃないですか。だけど、そんなこっちの胸中を察したのか、崔さんが深々と頭を下げて、こう言ったんですよ。《啓二は少年刑務所に入って、すっかり心を入れ替えたはずです。どうか助けると思って、引き受けてくれませんか》ってね。恩人にそこまでされりゃ、私だって、断るわけにはいかないじゃないですか」

「ええ、分かります」

棟方がうなずく。

その様子に誘われたのか、梅本が続けた。

「だけど、崔さんにゃ、悪いけど、いまさっきもお話ししたように、野島は心を入れ替えたりしていなかったことは、確かでしたけどね。いなくなった際は、崔さんに居場所を知らないか連絡したけど、崔さんも戸惑っている様子でしたよ。崔さんは後でここに来てひたすら平身低頭で謝っていました」

「なるほど、では、野島はお姉さんにも相談せずにここを飛び出したのでしょうな」

執務手帳とちびた鉛筆を手にしたまま、棟方が言った。

その後、目崎は二、三の質問を重ねたものの、目ぼしい証言は得られなかった。

「お忙しいところ、ありがとうございました」

頃合いを見て、棟方が口を入れ、頭を下げた。

「お手数をおかけいたしました」

目崎も慌てて低頭した。

「いいや、かまいませんよ。市民が警察に協力するのは当然じゃないですか」

言いながら、ホッとした顔つきになると、ビニール製の帽子で頭をすっぽりと覆い、再びマスクのひもを耳に掛けた。

二人は踵《きびす》を返して、覆面パトカーへ足を向けた。

「姿を消したグエンというベトナム人、臭いと思いませんか」

肩を並べている棟方に、目崎は言った。

「女を巡って、野島と喧嘩になり、殴られたとなりゃ、恨んでも当然だろうな。だが、その線は弱いだろう」

正面に向いた顔を動かさずに、棟方が言った。

「どうしてですか。――あっ、自分の頭で考えろとおっしゃるんでしたら、もう耳に胼《た》胝《こ》ができましたから」

両の掌を棟方に向けて、目崎はすぐに言い添えた。

「いいや、考えるまでもなく、その答えはいたって簡単だ。グエンは外国人だぞ。しかも、技能実習生として、今回初めて日本に来たんだろう、一方、野島啓二は梅本食品を飛び出したものの、町田の実家ではなく、石神井公園なんて、まったく関連の窺えない場所に住んでいた。そんな場所を、この国の地理に不案内で、知己《ちき》もいないグエンが短期間に探り当てられると思うか。そのうえ、そのベトナム人は不法滞在者になったのだから、おいそれと殺人なんて間尺《ましやく》の合わないことをする気にはならんだろう」

「なるほど、確かにそうですね。それにしても、あの社長は、崔精司という人から、野島啓二のことを頼まれたことを、どうして最初黙っていたんでしょうね」

「そこだ、俺も疑問に思っているのは」

そう言った棟方が、いきなり足を止めた。不審な気配を感じて、彼は棟方の顔を見た。その顔から表情が消えて、駐車場に停められている黒いワゴン車に、その視線が注がれている。

「どうかしたんですか」

目崎は声をかけた。

だが、それには何も答えずに、棟方が振り返ると、梅本食品の工場入口の方に戻り始めたのである。

「棟方さん――」

慌てて、目崎もその後に従った。

すると、ちょうど内扉が開き、梅本が大きな長方形のケースを抱えて出てくるところだった。

「梅本さん」

棟方が声を掛けた。

「まだ何か」

戸惑ったような表情を浮かべている。グエンのことを、蒸し返されることを懸念しているのかもしれない。

「先ほど、姿を消す前日に、野島啓二さんがほかの人の代わりに配達に行ったとおっしゃっていましたよね」

「ええ、そうですけど」

かすかにホッとしたような様子で、梅本がうなずく。

「配達した場所は、どこですか」

梅本が肩を竦めた。

「まあ色々ですよ。事業所、小さな会社、ガソリンスタンド、宅配便の集配所も含まれていますし、それにお役所もありますよ。あいつは暴走族だったせいか、車の運転だけはうまいもんでしたね」

「お手数ですが、その配達先を教えていただけませんか」

「ええ、かまいませんよ。ちょっとお待ちください」

そう言うと、梅本はケースを抱えたまま、横手の事務所に入った。そして、机の上の書類立てからファイルを抜き出すと、その頁を捲りながら、事務所から出て来た。

「これが、野島が配達に行った先の一覧です」

梅本が開いたファイルを差し出した。

それを受け取ると、棟方は傍らのテーブルに見開きの状態でファイルを置き、手帳に几帳面《きちょうめん》な字で書き写してゆく。

目崎も慌てて書き写し始めた。

五

目崎が運転する覆面パトカーは和光市内を走行していた。

棟方が、梅本食品から野島啓二がいなくなる前日に、配達に行った場所を当たってみようと言い出したからである。

「十か所以上もあるから、ともかく、できる限り話を聞こう」

助手席で車窓に目を向けたまま、棟方が言った。

県道二三六号線を和光市駅北口側から高架下を潜って南口側に出ると、その先の和光市駅南口交差点を突っ切り、二つ目の交差点を右折した。やがて、和光市図書館と広々としたホンダの技術研究所に挟まれた道を通過してゆく。

「すべて回った方がいいんじゃありませんか」

　ハンドルを操作しながら、顔を向けずに目崎は言った。

「むろん、そうだ。だが、その前に、どうしても気になる点がある」

「気になる点？」

「野島の実家と、崔という男のことだ。どうしても、自分自身で確認したい」

　そう言われて、目崎も、それはそうだと思った。さらに、どんなふうに気になるんですか、と棟方に訊こうものなら、必ずいつもの言葉が返ってくると思ったので、彼は自分の考えを開陳することにした。

「私も気になっていました。野島啓二の母親については、本人確認のときに、ほかの捜査員が面談して、聞き取りをしていますけど、姉については、まだ詳しい情報がないし、崔という人物については、棟方さんと私がこちらに来て、初めて飛び出してきた存在ですからね。そのうえ、いささかその行動に解せないものがあります」

　棟方が、目崎に顔を向けた。かすかに面白がるような表情が、目に浮かんでいる。

　気をよくして、目崎は続けた。

「崔という男は、野島啓二の姉と付き合っていて、しかもゆくゆくは結婚するかもしれないと梅本社長が話していましたけど、それはどうでしょう」

「未成年時の前科とはいえ、殺人犯を義理の弟にするってことか」

「ええ、そうですよ。まして、崔という男は、事業を展開しているって話じゃないですか。そういう人間にとっては、何よりも大事なのは、社会的な信用でしょう」

「それなのに、なぜ火中の栗を拾うのか、それが解せないというわけか」

珍しく、棟方が多弁だった。

「それに、改めて気になった点もあります」

「後ろ足で砂を掛けるようにして梅本食品を飛び出した後、野島啓二がどうやって生計を立てていたのかってことだろう」

「それまでの蓄えがあったのかもしれませんけど、そんなやつには思えませんよね。そのほかに、もう一つ可能性があると思いませんか」

内心で、目崎は棟方に挑むつもりで言った。

「崖が援助していた、とそう言いたいのか」

「分かっちゃいましたか」

いささかがっかりした思いで、目崎は言い返した。

だが、棟方の目に宿っていた興味に満ちたような光は消えていた。

「俺は、少し眠る。着いたら起こしてくれ」

そう言うと、リクライニングシートを倒して、目を瞑《つむ》ってしまった。

目崎は、またしてもため息を吐いた。

「ともかくチャライやつでさ、うちの事業所の女性職員に、誰彼かまわずに色目を使いやがるんだよ。お茶を飲みに行こうだの、映画に行こうだのって。もっとも、あんな貧相な男なんて、誰も相手にしなかったけどね」

三軒目に訪れた和光市内の事業所の課長という男性が、受付のカウンター越しに言った。その事務所は二十畳ほどの広さがあり、四階建てのビルの一階にあるせいか、蛍光灯が明るく灯っている。

「野島啓二さんは、こちらに配達に見えたとき、ほかに何か話していませんでしたか。知り合いのこととか、金のこととか」

目崎は訊いた。棟方から質問係を命じられているのだ。

「知り合いのこと？　さあ、何か言っていたかな」

そう言うと、課長が背後を振り返って、すぐ近くのデスクで電卓を打っていた若い女性に向かって声を掛けた。

「みっちゃん、何か覚えてるかい」

みっちゃんと呼ばれた女性が、嫌そうな顔つきでうなずいた。

「芸能人の友達がたくさんいるなんて自慢げに話していましたよ。でも、嘘ってバレバレでしたけど」

「どうしてですか」

課長の脇から顔を突き出して、目崎は訊いた。

「だって、お弁当の配達をしていて、どうしてそんなコネができるのかなって。だいいち、身なり一つにしたって、凄くダサいんだもの」

「お嬢さん」

それまで黙っていた棟方が、いきなり口を挟んだ。

「何ですか」

「あなたに見せびらかしませんでしたか。手首に嵌めたフランクミュラーを」

言われた女性が、キョトンとした顔つきになった。

「フランクミュラーって、高級時計のブランドですか？」

「ええ」

「そんなのしていませんでしたよ、あの人」

棟方が渋い顔つきで、目崎に顔を向けた。

「商売なのに、愛想ってものがないんだよな、野島って男は。どうも、なんて申し訳程度に声を掛けてくるけど、それにしたって仏頂面でさ。金を払っても、当然みたいな顔で受け取るだけで、お愛想一つ口にしないんですよ」

五軒目のガソリンスタンドの主任が、苦々しい顔つきで言った。ブルーの繋ぎの制服に、共通のデザインと色の帽子を被っており、足元は安全靴というなりである。日焼けした顔で、年齢は三十代半ばくらいだろう。

そのとき、スタンド内に、純白のＢＭＷが滑り込んできた。運転しているのは、若い女性だった。たちまち、「いらっしゃいませ」と店員の大きな掛け声が飛び、「オーライ、オーライ」と給油機への誘導が始まった。

その様子をチラリと見やってから、主任が続けた。

「うちみたいな客商売じゃ、何よりも声掛けが大事なんですよ。だから、うちで働いているバイト連中には、いつも厳しく言って聞かせてるんです、威勢よく、愛想よくやれってね。だって、そうでしょう。ガソリンなんて、近いところは値段も変わらないし、どこのスタンドで入れたって同じじゃないですか。だったら、感じのいい店で入れたくなるっていうのが、人情ってものでしょう」

「ええ、分かります」

棟方の言い方を真似して、目崎はうなずく。チラリと横目で盗み見ると、棟方が渋い顔つきになっていた。

「そのほかに、野島啓二さんについて、何か覚えていることはありませんか」

主任が考え込んだ。

「さあ、特に覚えていることはありませんねえ。ただ――」

主任が言いよどんだ。

「ただ、何ですか」

「口はばったいと思ったんだけど、あのとき、説教したんですよ」

「説教——野島啓二さんにですか？」

主任がうなずく。

「ああいう、若いのを見ていると、私は黙っていられなくなる性質《たち》でね。だから、野島が配達に来て、あまりにも態度が悪かったから、事務所の中で、そこへ座れと言って、若いうちは何とでもなるなんて、高をくくっているかもしれないけど、いまのうちに心を入れ替えて、しゃんとしないと、歳がいってから後悔するぞ、と面と向かって言ってやったんです。ああいう手合いは、もともと捻《ひね》くれた気質を持っているかもしれないけど、誰からも厳しくされなかったって場合が少なくないですからね」

「それに対して、野島啓二さんは、どう答えましたか」

目崎の言葉に、主任が不興げな表情を浮かべた。

「《おっさん、いきってるけど、痛いだけだぜ》って、腹を抱えてせせら嗤《わら》っていました。いまどきの若者言葉はよく分からないけど、どこまでも性根の腐った野郎だなと思いましたよ。それでも、せめて、いま与えられている仕事くらい、精を出して打ち込んだらどうだって、私が重ねて言うと、鼻を鳴らして、こんな半端仕事に打ち込む間抜けが、どこにいるみたいなことをほざいて、もっといい稼ぎが見つかったら、すぐに辞めてやるなんて言っていましたっけ。――刑事さん、新聞で読みましたけど、野島のやつ、東京の公園で刺殺されたんだそうですね。本当に、どこまで馬鹿なやつなんだ」

主任は憐れむような顔つきになって、そう吐き捨てた。


「ここが最後だな」

棟方が言った。

「ええ、結局、十か所、全部回ることになりましたね」

目崎はうなずく。

その建物は広い敷地の中にあった。住所は和光市南二丁目三―八となっている。交差点に面した巨大な煉瓦《れんが》風の正門の右側に、コンクリート打ちっぱなしの塀が設《しつら》えられており、横書きで《司法研修所》という切り文字風の厳めしい表示があり、その下に黒地に白抜きの文字で《THE LEGAL TRAINING AND RESEARCH INSTITUTE》と記されたプレートが設置されていた。正門の正面に円形の広場があり、正面の本館に向かう形で、コンクリートタイル張りの通路の両側に、巨樹《きょじゅ》の並木が続いている。正門の左右にも、細かいタイル張りの広い通路が湾曲《わんきょく》して延びており、正門を入って右側にある案内図により、それぞれ東館と西館に通じていることや、《ひかり寮》と《いずみ寮》という寮があることや、グラウンドやテニスコート、講堂、図書館などが配置されていることも判明した。位置関係で言えば、和光市駅から南西に二キロ弱、東京外環自動車道沿いの敷地で、裏手は大泉さくら運動公園が広がっているはずだ。

これまでに回った九か所の配達先で耳にした野島啓二についての証言は、どこでも例外なく悪い評判ばかりだった。態度が悪い。言葉遣いがなっていない。女性にちょっかいを出されて困った。会う人ごとに、そんな愚痴めいたことばかりを聞かされたのである。それでいて、事件の解明に繋がりそうな手掛かりは摑めていなかった。頼みの綱はここだけだ、と目崎は祈るような思いだった。

目崎は棟方とともに、緊張気味に正門と東門の間の受付所に近づいた。そして、二人は警備員に身分とともに来意を告げて、仕出しの弁当を納入する場所を尋ねた。

「ああ、そういうことなら、食堂でしょうね」

制服姿の警備員が言った。

「担当の方は、どなたでしょう」

目崎は言った。

「石井《いしい》さんです。石井雅夫《まさお》という中年男性が係長ですから、その方に訊けば分かると思いますよ」

「ありがとうございました」

食堂の場所を示した案内のコピーに赤いサインペンでルートを書き込んでもらい、その地図に従って、食堂に向かった。

「かなり広いですね」

ゆったりとした敷地の中に無数の建物が整然と並んでいるのを、目崎は見回した。

「将来の法曹界《ほうそうかい》を担《にな》う人材を育てるんだからな」

棟方が言い返した。

食堂は、一つの建物の中にあった。贅沢に空間を取った室内の奥に、横長のカウンターがあり、その手前にテーブルと椅子がずらりと並んでいる。じきに夕食の時間になるからだろう、お揃いの制服姿の女性たちが忙《せわ》しげに準備をしている。

近くで立ち働いていた小太りの女性に、目崎は声を掛けた。

「石井雅夫係長はいらっしゃいますか」

女性が立ち止まった。

「何でしょうか」

「私、警視庁の目崎と申します」

言いながら、警察バッジを開いて身分証明書を見せる。

「棟方です」

棟方も同じことをした。

「係長でしたら、いま別棟に行っていますから、ただいま呼んでまいりますので、こちらでお待ちください」

言うと、彼女は足早に立ち去った。

「さっき法曹界を担うとおっしゃいましたけど、ここで学んでいる人たちは、いずれも司法試験に合格したってことですよね」

目崎は言った。

「ああ、そうだ。彼らは法科大学院を修了し、新司法試験に合格しなければならない。さらに、ここで一年間の司法修習を行うんだ。民事裁判、刑事裁判、検察、弁護という四科目の実務修習を行う。そして、司法修習生考試という最終試験に合格した者にのみ、判事補や検事、それに弁護士の資格が与えられる」

「相当に狭き門ですね」

目崎はうなずく。

「ああ、検事の知り合いに聞いたからな。それでその代わり、司法試験は誰でも、いつまでも受けられるし、国籍すら関係ないんだ」

「そうなんですか。——それにしても、棟方さんはそっち方面のことに、やけに詳しいですね」

目崎の言葉に、棟方がかすかに躊躇うような顔つきになったものの、渋々という感じで口を開いた。

「歳の離れた妹が、弁護士なんだよ」

「へえー、棟方さんには、妹さんがいらしたんですか」

「ああ、兄妹《きょうだい》でありながら、おつむの出来は、俺のそれとじゃ、月とスッポンほどもかけ離れているがな」

そのとき、二人に近づいてくる人影に気が付いた。

「お待たせしました、係長の石井です」

男性が声を掛けてきた。半袖のワイシャツ姿で、ノーネクタイである。長身で、肩幅が広い。細い眉で、一重の柔和な眼差しをしている。

「どのようなご用件でしょう」

「警視庁の棟方と申します」

棟方が名刺を交換した。

「同じく、目崎です」

目崎も名刺を交換すると、棟方がおもむろに口を開いた。

「こちらで仕出しのお弁当を取っていらっしゃいますよね、梅本食品から」

その言葉に、怪訝な顔つきになりながらも、石井がうなずいた。

「ええ、ここの食堂のメニューはかなりバラエティーに富んでいますけど、職員や司法修習生の中には、忙しさのあまり、食堂まで足を運ぶのを面倒がる者もおりますから。何しろ、勉強量が多い世界ですからね。司法修習生は寸暇《すんか》を惜しんで、自習しなければならないんです。そういう人たちに、梅本さんのところのお弁当が重宝がられておりましてね。しかし、それがどうかしましたか」

「そのお弁当を配達していた人物のことを、覚えていらっしゃいますか。野島啓二さんという若い男性なんですが」

「野島啓二さん——」

鸚鵡返しに言ったまま、石井はしばし考え込む顔つきになった。だが、やがて顔を上げると口を開いた。

「さあ、記憶にありません。いつもの根岸《ねぎし》さんならもちろん分かるんですが、何しろ、ここは人の出入りが多いですし、若い人が少なくありませんから。まして、出入りの業者も無数にいますから」

棟方が、目崎の顔を見た。彼は小さくうなずくと、執務手帳に挟んでおいた野島啓二の写真を取り出して、石井に示して言った。少年院送りになったときに、撮影されたものである。

「野島啓二さんは、この人なんですけど、ご記憶にありませんか」

石井が首を傾げた。

「この方がどうかしたんですか」

「実は、八月十六日木曜日の晩に、この野島啓二さんが石神井公園内で刺殺されまして、私どもは、その殺人事件の捜査を担当しております。どうでしょう、何か覚えていることはありませんか」

目崎の言葉に促されるようにして、それまでよりもはるかに真剣な顔つきになり、石井は写真を凝視した。やがて、ハッとしたように細い眉が一瞬上がり、大きくうなずきながら言った。

「ああ、そう言えば、一度見た気がしますね」

「いつですか、ご覧になったのは」

「ひと月ぐらい前だったと思います。その日に限って、いつも配達に来る根岸さんという女性ではなくてこの人が来たんで、あれって感じたことをいま思い出しました」

「野島啓二さんがここへ配達に来たのは、初めてだったのでしょうか」

目崎は言った。

石井がうなずいた。

「私が知る限り、そうだと思います。配達に来たものの、納品先の責任者が誰なのか分からずに、食堂の裏口でまごついていたので、こっちから声を掛けたんでした、確か」

「そのとき、野島啓二さんは、どんな様子でしたか」

「どんなって言われましても、はっきりとした記憶はちょっと。――あ、でも、お弁当を取りに来た司法修習生たちに、気後れしたような顔をしていたような気がします」

「気後れ？」

「ええ、司法修習生は、男性でも、女性でも、それなりにきちんとした身なりをすることが決まりとなっています。それに比べて、その人がここへ来たとき、よれよれのTシャツにジーンズというなりだったんで、同世代なのに、ひどく浮いた感じでした」

「そのとき、こちらの誰かと話したりしたことはありませんか。あるいは、逆に話しかけられたとか」

「いいえ、それはないと思います。いまもお話ししましたように、一人浮いていましたし、お弁当を納品し終えると、逃げるみたいに帰って行ったんじゃなかったかな」

目崎は、棟方に目を向けた。棟方がかすかに首を振った。空振りという顔である。

「お忙しいところ、お邪魔しました」

棟方が頭を下げた。目崎も慌てて低頭する。

「いいえ、この暑い中、刑事さんのお仕事も大変ですねえ」

そう言うと、踵を返した棟方や目崎とともに、石井も食堂の外までついてきた。司法と警察では立場が違うものの、お互い法を守るという役目柄、ある種の共感を抱いているのかもしれない。

「いいえ、法曹のお仕事に比べれば、大したことはありませんよ。そちらは、膨大な法律関連の細かい部分にまで目を配らなければならないでしょうから、大変でしょうね」

お返しとばかりに、棟方がお愛想を口にした。そのとき、向かい側から、若い男女の一団が歩いてくるのが、目崎の目に留まった。

その様子に気が付いたのか、石井が言った。

「あれは、集団修習を終えた連中ですよ」

ワイシャツにスーツのズボンやスカートという男女が話しながら、傍らを通り過ぎてゆく。

「それでは、私どもはこれで」

石井と改めて挨拶を交わすと、目崎と棟方は正門に向かった。

六

「何も摑めなかったですね」

ハンドルを操作しながら、目崎は助手席の棟方に言った。

目崎はトヨタ・カムリを富士街道を田無《たなし》方面に向けて運転していた。すでに、午後六時も過ぎており、道路がひどく渋滞している。トラックやバス、それにタクシーが数珠繋ぎになっていた。

「いいや、そうとは限らん」

棟方が短く答えた。

「フランクミュラーのことでしょう、棟方さんがおっしゃりたいのは」

だが、肯定も否定もせずに、棟方が前方を見つめて黙っているので、目崎は仕方なく続けた。

「梅本食品に勤めていた頃、野島啓二は高級時計なんか嵌めていなかったと、事務所にいた、みっちゃんという女性が証言していたじゃないですか。野島は彼女に、芸能人の友達がたくさんいるなんて自慢げに話していた人ですよ。もしも、フランクミュラーなんか嵌めていたら、彼女の気を引くために、絶対に見せびらかしたでしょうからね。むろん、たまたま、そのときだけ、嵌めていなかったという可能性も考えられますけど、たぶん、それはないと思います。だって、野島啓二は一月に少年刑務所を出所したばかりだし、実家も貧しい暮らしを送っているというじゃないですか。しかも、梅本食品の給料が、十五、六万円なんですよ。どう逆立ちしたって、フランクミュラーなんて高級品を手に入れられるわけがありません。つまり、あの時計は、梅本食品を辞めた後で、手に入れたとしか考えられないことになります」

「何が言いたいんだ」

棟方が言った。

「やはり、野島啓二は何か金蔓《かねづる》を摑んだんじゃないでしょうか。ほら、ガソリンスタンドの主任が話していたじゃないですか、《もっといい稼ぎが見つかったら、すぐに辞めてやるなんて言っていましたっけ》という野島啓二の言葉を」

「おまえさんの指摘は、確かにもっともだが、だったら、野島啓二はどこでその金蔓を見つけたんだ」

「そこです、考えが行き詰まっているのは。最後に回った司法研修所では、とりたてて目を引くような出来事はなかったようですし」

「しかし、あそこでおまえさんが引き出した証言には、見るべきものがあったぞ」

「えっ、私がですか」

言われて、目崎には何のことか分からなかった。

すると、棟方がじれったそうに言った。

「ほかの配達先では、野島啓二について、どんな話が聞けた」

「それは、悪い評判ばかりでした。あんなふうに次から次へと、不評ばかり聞かされると、何だか野島啓二が可哀そうな気がしたほどです」

「ああ、確かに、その通りだ。しかし、司法研修所では、それがなかった」

「ええ、確かに。――あっ、そういうことか、野島啓二が司法研修所に配達に行ったのは初めてだったことを、棟方さんは指摘なさりたいんですね」

「やっと気が付いたのか」

かすかに呆れを滲ませた口調で、棟方が言った。

「しかし、司法研修所と前科のある野島啓二とじゃ、どう考えたって、繋がりがあるとは思えませんよ」

「ワルと、司法修習生か」

そう言うと、棟方は黙り込み、腕組みをして考え込む顔つきになった。

目崎も黙して、運転に集中した。

二人が向かっているのは、町田市内にある野島啓二の実家である。母親の野島初子から改めて話を聞くとともに、姉とも会うつもりだった。むろん、崔精司という男性についても聞き取りを行わなければならないのだ。


町田にある野島啓二の実家に着いたのは、午後八時近かった。

実家は、町田市高ヶ坂二丁目にある。住宅が密集した地域に建つモルタル二階建てのアパートである。周囲には細い道が多い。

野島家の暮らしぶりについては、すでにほかの班が《鑑取り》をしており、かなり詳しくその内情が判明していた。野島啓二の家は、中堅の住宅販売会社に勤める父親、野島忠と、見合い結婚で所帯を持った母親初子、それに野島啓二より二つ年上の姉、正《まさ》美《み》からなる四人家族だった。

　父親の忠は岡山県総社《そうじゃ》市の出身で、都内の私立大学に進学して、卒業後、その会社に就職したという。ひどく生真面目な男であり、休みの日はテレビで囲碁やゴルフの番組を見るのが趣味で、毎日、黙々と晩酌を嗜《たしな》む無口な男だったという。一方、妻の初子は、東京の馬込《まごめ》に実家があり、近所に住んでいた知り合いの老夫婦の妻の方が、総社市出身で、野島家とも近所で知り合いであったことから、見合い話を初子の両親に持ち込んだのだった。初子は高校卒業後、料理学校に通っただけで、家事手伝いの暮らしを送っていたという。話はまとまり、二人は同い年で、結婚したのは二十六歳のときだった。

　やがて、長女の正美が生まれた。その頃には、父親の忠も出世しており、現在の実家の近くに一戸建ての家を購入したという。二年後、弟の啓二が誕生して、一家は平凡ながら幸せな暮らしを送っていた。

　ところが、啓二が小学校の六年生の十一月に、新宿にあった勤め先近くの国道二十号線で、営業車を運転していた野島忠が、大型トラックと正面衝突して、病院に緊急搬送されたのである。意識不明の状態が続いた半日後、彼はついに一度も意識を回復することなく死亡したのだった。だが、不幸はそれだけではなかった。忠を死亡させたトラックの運転手は、不法滞在のタイ人で、賠償能力がまったくなかった。

その後、弁護士を立てて雇い主の運送会社と交渉した結果、三百万円程度の損害賠償の金が支払われたものの、一家の生計を支えていた人間を失い、住宅ローンを抱えたままの野島家の暮らし向きが傾き始めたのは当然だった。

初子が働きに出るようになったのは、その直後からだった。そして、彼が中学三年になったときには、一戸建ての家を手放して、現在のアパート、太平荘に移ったという。すでに高校生になっていた正美が、そこを中退して、働き始めたのも、この時期からだった。

野島啓二が本格的にグレ始めたのは、中三の時だった。ほとんど家族が家におらず、潤いのない切り詰めた暮らしぶりに嫌気がさしたのだろう。煙草を吸ったり、原付バイクを暴走させたりする姿が、近所の住民や、同級生などから目撃されるようになったのである。公立の高校にどうにか進学したものの、この頃には町田界隈で相当なワルとして鳴らしていたという。そして、窃盗と恐喝で逮捕されて少年院送りになったことで、その高校も二年生の二学期に入る直前で、退学に追い込まれたのである。

姉の正美は高校を中退し、町田駅近くのレストランにアルバイトとして勤め始めた。そして、たまたま店を利用したIT関連の若い起業家と婚約まで行ったという。だが、十二年前の事件が起きた直後、彼女はその婚約を破棄したのだった。少年法で秘密が守られていても、いつ何時、その事実が嫁ぎ先に知られるかもしれないと、思い悩んだ末に、正美が決断したのは想像に難《かた》くない。

「野島啓二が殺されたのは、長年の付けが回ってきたのかもしれませんね」

太平荘の建物を見つめたまま、和光市での聞き込みのことも思い浮かべて、深く考えもせずに目崎は言った。

すると、傍らに立っていた棟方が、語気強く言った。

「そりゃ、どういう意味だ」

「意味は特にありませんよ。ただ、因果応報ってことを思い浮かべただけです」

「つまり、おまえさんは、野島啓二がワルだから、殺されても仕方がないと言いたいわけか」

「そこまで悪意を持って考えているわけじゃありませんよ。だけど、これまで家族を含めて、周囲の者に散々に迷惑をかけ続けて来て、そのうえ、少女を強姦して殺害し、少年刑務所で少しも更生しなかった男なんですよ」

「ざまあ見ろと言いたいのか」

不愉快そうな口調で、棟方が言った。

その言い方に反発を感じて、目崎は思わず言った。

「棟方さんは、そんなふうに少しも感じないいんですか」

「ああ」

「それは、嘘だ」

「嘘じゃない」

あまりにもきっぱりとした口調に、目崎は言葉に詰まった。

すると、棟方が続けた。

「野島啓二の遺体と対面したときの母親の様子を、捜査会議の報告で耳にしただろう。たとえ、どんなワルでも、母親にとっては大事な我が子なんだぞ。この世の中のすべての人間が野島啓二を否定し、見捨てたとしても、ただ一人、母親の初子だけは、息子のことを愛し続けるんだ。殺されても仕方がない人間なんてこの世に一人もいない」

そう言うと、目崎の言葉を待たずに、棟方は太平荘のスチール製の階段を上がり始めた。胸の裡のモヤモヤした気持ちが収まらなかったものの、目崎も後から続いた。

外廊下を通って、一番奥の部屋のドアの前に立った。目崎はドア横の呼び鈴のボタンを押した。

「どなた様でしょうか」

しばらくすると、ドア越しに女性の声がした。

「警察の者です。野島啓二さんのことで、少々お訊きしたいことがありまして、参りました」

棟方が言った。

錠とチェーンを外す音がして、ドアが開き、若い女性が顔を覗かせた。白い半袖のブラウスを身に着けており、下はベージュのフレアスカートというなりで、ピンク色の前掛けをしており、洗い物でもしていたのか、ゴム手袋をしている。

「警視庁の棟方と申します。夜分に申し訳ありません」

規定通りに、棟方が警察バッジの身分証明書を示す。

「目崎です」

目崎もそれに倣った。

「失礼ですが、あなたは？」

棟方が玄関に立っている女性に訊いた。

「私は啓二の姉の正美です。こんな格好ですみません。いま、夕食の後片付けをしていたものですから」

かすかに緊張した面持ちで言った。とはいえ、ＩＴ社長との婚約のエピソードで少しは想像していたが、野島正美は女優にでもなれそうな容貌の女性だった。ショートヘアで、二重の目と中高《なかだか》の鼻筋、それに形のいい唇をしており、色白の肌だ。

「お姉さんでしたか。今回の野島啓二さんのこと、心よりお悔やみ申し上げます」

警察官式に十五度の角度で、棟方が頭を下げた。

慌ててそれに倣った目崎は、いまさっきの棟方とのやり取りを思い返した。目の前の野島正美は、弟を愛しているのだろうか。結婚を諦めざるを得なかったことで、恨んでいた可能性もなくはない。

「お一人ですか。――お母様の初子さんは？」

「母はまだ戻っていません。日曜日ですけど、いつものように、仕事場で残業を入れたんだと思います」

「戻って見えるのは、何時頃でしょうか」

「残業したら、戻りは十一時過ぎると思います」

「正美さん、事件解明のために、あなただけでも、少しだけお時間をいただきたいんですが」

棟方が切りだした。

「ええ、もちろん私でよければ」

硬い表情のまま、正美がうなずいた。

「弟さんがあんなことになられた原因ですが、何か心当たりはありませんか。肉親の方には申し上げにくいんですが、誰かと揉めていたとか、逆に脅されていたとか、そういったことはありませんでしたか」

途端に、正美が暗い目つきになり、大きく息を吐くと、言った。

「ああいう弟でしたから、揉めていた相手は何人もいたと思います。でも、ずっと以前から、私は外に働きに出ていましたし、あの子が少年刑務所を出所してからは、離れて暮らしていたので、具体的には何も分からないんです。ただ――」

憂いに満ちた顔を俯かせると、正美は躊躇うように言葉を呑み込んでしまった。

「ただ、なんでしょうか」

だが、正美は口を噤んだままだった。

目崎には、何かを悩んでいるように思えた。

しばらくすると、正美が挑むような目つきを向けてきた。

「十二年前に弟が起こした事件の被害者の方のことです」

「田神真理さんですね」

冷静な口調で、棟方が言った。

うなずくと、正美が今度はすぐに言った。

「その父親の田神茂という人が、インターネットのホームページに、凶悪な罪を犯した少年に厳罰を下すべきだとか、少年法は間違っているとか散々書きたてて、世間を煽《あお》っていることを、刑事さんはご存じですか」

棟方が肩を竦めた。

「あいにくと、インターネットには縁がない身ですけど、そういうことをする人もいるようですね。具体的には、どんなことが書かれていたんですか」

「満十七歳という理由で、量刑が半減されるのは、憲法が保障している法の下における平等に反するから、即刻、少年法の規定を国会で改正しなければならないと主張していました」

「どうして、そんなホームページをご覧になったりしたんですか」

「だって、事件からだいぶ経っていても、いろいろ書かれていることは予想していましたけど、弟の仕出かしたことがいつまでも気になって、どうしても見ずにはいられなかったんです」

胸の前で両手を握り合わせて、正美が言った。

その気持ちが、目崎にも痛いほど分かった。自分と関わり合いのあることを、インターネットで調べてみるいわゆる《エゴサーチ》は、誰でもやることであり、多くの場合、結果は罵詈雑言の書き込みを目にして嫌な思いをすることになるのだ。

「私は、弟の事件が明るみに出てからというもの、そのホームページをしょっちゅう覗いていました。気になりますから。そして、一度だけ、とんでもない書き込みを目にしてしまったんです」

「それは、どんな書き込みですか」

正美が唾を呑み込むのが分かった。

「田神真理という人を殺害した犯人として、弟の氏名や偽名、それにここの住所はもとより、本籍地や和光市にある梅本食品で働いていたことまでが書き込まれていたんです」

その言葉に、棟方が目崎と顔を見合わせた。だが、すぐに言った。

「いったい誰が書き込んだのですか」

正美がかぶりを振る。

「分かりません。《正義の味方》というペンネームになっていましたし、すぐに削除されてしまいましたから」

「書き込まれたのは、いつ頃のことですか」

「一カ月ほど前だったと思います」

二人のやり取りに耳を傾けていた目崎は、思わず言った。

「棟方さん、ちょっと待ってください。いま調べてみます」

彼はスマートフォンを取り出すと、ブラウザーを立ち上げて、《田神茂　少年法》のワードで検索を掛けた。すると、たちまち、少年法に反対するホームページがずらりとヒットし、その中に田神茂のホームページも見つかった。見出しは、《凶悪少年犯罪を徹底的に糾弾する会》となっており、これまでに起こった少年犯罪の事例の一覧表が、事件名別になって並んでいる。事件名をクリックすると、その詳しい内容が記されており、新聞紙面や週刊誌の誌面をスキャンした画像までが添付されていた。

そして、《世にはびこる少年犯罪を許さない正義感溢れる人々の集うコーナー》という書き込み欄が用意されており、実に多数の投稿が読めるようになっている。それらの投稿は、比較的穏やかな論調のものもあるものの、過半《かはん》は激烈な調子で、少年犯罪を口汚い言葉で攻撃していた。中には、糾弾の域を越えて、剝き出しの憎悪をぶちまけたような文章まであった。

だが、いくら探してみても、《正義の味方》というペンネームの投稿は見つからなかった。目崎は、スマートフォンの画面を棟方に見せると、改めて正美に向き直って言った。

「あなたのおっしゃる通り、その投稿は削除されてしまったようですね。——では、正美さん、野島啓二さんが少年刑務所を出た後のことを、順を追ってご説明願えませんか」

「はい。弟は一月に少年刑務所を出所しました。母と私の二人で迎えに行きました。冬のひどく冷え込んだ日で、そのうえ曇っていましたから、とても惨《みじ》めな気持ちだったことを覚えています。それでも、少年刑務所の出口から啓二が出てきたとき、嬉しかったた。啓二は、恥ずかしいのか、それとも面目ない気持ちだったのか、仏頂面をしていました。その日は、まっすぐここへ連れてきました。そして、ささやかなお祝いをしたんです。でも――」

　またしても、正美が暗い顔つきになり黙り込んだ。

「何かあったんですね」

　彼女が小さくうなずく。

「啓二が、お酒を飲みたいって言い出したんです。もちろん、とっくに成人ですから、お酒を飲むことに何の問題もありません。それでも、私は止めたんです。やっと刑期を終えて罪を償って出所したのだから、今日からは、心を入れ替えてやり直さなきゃいけないって、そう言いました。しかも刑務所に入る前、未成年だった頃から、あの子が、母が気晴らしに飲むために買っておいたビールを、隠れて飲んでいることに薄々気が付いていましたから、なおさら生活を正そう、そう思ったんです」

「それで、どうなったんですか」

「弟は、せっかくのお祝いなんだから、少しくらい飲んだっていいだろうって言い張り、久しぶりだからと母まで甘い顔をして、私が止めるのもかまわずに、ビールを出してしまったんです。でも、それが間違いのもとでした。弟はもともとアルコールに強くない体質なので、すぐに酔ってしまい、呂律《ろれつ》の回らなくなった口で、刑務所の刑務官のことを罵倒し始めたんです。その次には、裁判官のことを散々に毒づき、やがて警察官に憎しみに満ちた言葉を叩きつけました。――でも、堪らなかったのは、最後に、あの子が自分の手に掛けた女の子の名前を口にしたときでした。私や母が耳を押さえて、どれほど止めてと叫んでも、その名前を露悪的に喚き続けたんです。たぶん、刑務所の中で、誰かから耳にしたと思うんですけど、田神茂さんの名前まで出して、ざまあ見ろって、嘲笑うようなことまで平気で口にしていました」

ふいに正美の目が赤く潤み、彼女が大きく息を吐くと、その場に沈黙が落ちた。

そのとき、棟方がわずかに身を乗り出すと、穏やかな口調で言った。

「正美さん、これまでさぞお心を痛めてこられたことでしょう。心より、ご同情申し上げます。――ここは話を変えましょう。弟さんの仕事のことですが、梅本食品の社長さんに会いました。そして、お聞きしたことですが、崔精司さんという方が、啓二さんの就職を頼み込まれたそうですね」

「そんなことまで、社長さんは話してしまったんですか」

一転して、正美が気色《けしき》ばんだように言った。

「私たちが申し上げるのも何ですが、警察の聞き込みですから、一般市民としては、正直に話すしかないでしょう。梅本さんに悪気はないはずです」

「ええ、それは分かっています。――でも、その通りなんです。この家でぶらぶらしていて、お酒に酔って、母や私に当たるあの子を見るに堪えなくて、少年刑務所を出所した弟が、仕事にありつけなくて、家で腐っているって私が思わず崔さんに愚痴ったんです。そうしたら、俺が一肌脱ぐよって言ってくれたんです」

「失礼ですが、崔精司さんとは、どういうご関係ですか。むろん、プライベートな事柄だということは承知しています。しかし、弟さんの命が奪われた事件を捜査するためにも、関連するどんな事情についても、知っておかなければならないんです。どうか、ご理解ください」

「崔さんは、私がいま勤めている輸入代理店の社長さんです」

「輸入代理店？　あなたは町田のレストランにお勤めだったと伺っていますが」

棟方の問いに、正美が表情を曇らせた。

「仕事を変えたんです」

そう言うと、しばらく黙り込んでしまった。その顔つきや口調から、以前に付き合っていたＩＴ関連の若い起業家との婚約を解消したことが、いまでも心に暗い影を落としているのが目崎にも感じられた。

だが、そんな気持ちを振り切るかのように、彼女が口を開いた。

「崔さんの会社は、元々キムチとかマッコリとか、主に韓国の食料品を輸入していました。それが、例の韓流ブームの盛り上がりを受けて、一気に業績を伸ばしたんです。でも、ブームにはいずれ終わりが来るに決まっているからと、あの人はタイやベトナムの商品の扱いにも手を広げていたおかげで、エスニックブームでまたヒットしたんです」

「なるほど、かなりのヤリ手というわけですね。しかし、それなら多忙を極めると思いますが、啓二さんの就職のことまで世話を焼いてくれるのは、個人的なお付き合いがあるのでしょうか」

恥じらうように視線を逸らして、正美がうなずいた。

「ええ、結婚を前提に、お付き合いしています」

その様子を見つめていた棟方が一つ咳払いすると、言葉を選ぶようにして言った。

「崔さんは、心の広い方のようですね。失礼を承知で申し上げますが、普通なら、前科のある肉親を持っているというだけで、お付き合いを躊躇する人間も少なくないでしょうに」

「自分も若い頃は、やんちゃをしていたから、弟の気持ちや苦しさが分かるって、そう言ってくれました」

苦しげに、正美が言った。

「それで、梅本さんの工場で働くようになってからの啓二さんは、どうでした。変わりましたか」

「いいえ、さすがにここにいたときは、お酒に酔っているときを別にして、仕事もない状態でしたから、それなりに小さくなっていました。でも、勤め先を得ると、刑務所に入る前と変わらない態度に戻ってしまいました」

「ここへ、たまに戻ってきたりしましたか」

「いいえ、まったく寄り付きませんでした。あの子を甘やかしてばかりいる母はともかく、私のことを煙たがっていますから」

悲しそうな声音《こわね》で、正美がつぶやいた。

「そして、この七月半ばに、梅本食品を飛び出してしまったわけですね」

「ええ、社長さんから崔さんのところに電話が入り、崔さんが私の携帯に連絡してくれて知りました。うちにも社長さんから電話があって、電話に出た母が本当に可哀そうでした。平謝りし続けていましたから。あの子はいつになったら、家族に苦労を掛けなくなるのかって、恨みたくなったものです」

「その後は、こちらへ戻ってきたことはあったんですか」

「一度だけ戻ってきました。そして、アパートを借りたいから、保証人になってほしいなんて、母にちゃっかり頼み込んだんです」

「なるほど、それで初子さんが保証人になられたわけですか」

「いいえ、母は仕事をしているといっても契約社員ですから、収入は少ないので保証人にはなれませんでした。仕方がないので、私が保証人になりました」

「だったら、石神井公園近くのアパートにも行かれたことがあるんですね」

「はい。契約のときに一度だけ行きました」

「弟さんは、どうしてあの場所のアパートを選ばれたのでしょうか。それに、その後《ご》どんな仕事をしているのか、お訊きになりませんでしたか」

正美がかぶりを振った。

「私も怪訝に思って、どうしてこんな縁もゆかりもない場所に住むのか、弟に尋ねました。でも、あの子は何となく決めたんだって、ニヤニヤ笑いながら、そう言ってました。仕事のことも心配だったので、働き口が見つかったのかって訊きました。そのときも、曖昧な態度で、はっきりしたことは何も言わなかったんです。だから、思い余って、私、また崔さんに頼んであげようかって言ったら、弟が急に怒り出したんです」

「どうしてですか?」

「梅本さんから、それとなく崔さんのことを耳にしたようなんです。だから、私が崔さんの名前を出したら、もう二度と、在日の世話になるなんてまっぴらだなんて、ひどいことを言ったんです。グレていたときに、在日のグループと喧嘩してひどい目に遭わされたんだそうです。それでも私は、啓二の言葉にカッとなって、アパートを飛び出してきてしまいました。それ以来、一度として会っても話してもいませんでした。それが、こんなことになるなんて――」

そう言うと、口元を左手で押さえて、正美が声を詰まらせた。二筋の涙が、頰を伝い落ちてゆく。

掛ける言葉が、目崎にも見つからなかった。喧嘩別れしたまま、その弟と二度と会えないことになってしまったのだ。後悔と無念の思いは、これからも消えることはないだろう。

そのとき、厳しい顔つきで黙り込んでいた棟方が、一つ咳払いすると言った。

「色々とお話しいただき、本当にありがとうございました。最後に一つだけ――」

そう言いながら、執務手帳に挟んでいた一枚の写真を、正美に提示した。

「これは、弟さんの持ち物でしたか」

棟方が見せた写真には、手首に嵌められているフランクミュラーが写っていた。

赤らんだ目の正美が、かぶりを振った。

「いいえ、違うと思いますけど。少なくとも、私は見たことがありません」

アパートの階段を降りると、目崎は棟方とともに、近くの道路に駐車してあるトヨタ・カムリに向かった。

「驚きましたね」

目崎は、棟方に言った。

「《正義の味方》というペンネームの人物による、ホームページの書き込みのことか」

棟方が応じた。

「ええ。これで、田神茂がマル被である可能性が、一つ裏付けられたことになりますよ。それにしても、《正義の味方》というのは、いったい誰でしょうね」

「考えられるのは、野島啓二を収監していた少年刑務所の関係者か、梅本食品の関係者だな。梅本社長が、野島の前科のことをつい口にしてしまったと言っていたじゃないか」

その言葉に、目崎は棟方に顔を向けた。

「梅本食品から姿を消した、グエンというベトナム人は、どうでしょう」

棟方が目崎に目を向けた。

「仕返しのために、書き込みをしたと、そう読むのか」

「ええ、いまの若い人間なら、国籍なんか関係なしに、パソコンの扱いはお手の物でしょう」

「だが、書き込みは日本語だったんだろう」

「逃げ出したグエンは、当然、国内に潜伏している同胞と接触したはずです。その中に、日本語に達者な人物がいても不思議じゃありませんよ」

「野島啓二が梅本食品で働いていたことはともかくとして、前にも言ったように、グエンに彼の実家の住所を知る術はないぞ」

言われて、目崎は考え込んだが、すぐに頭の中で閃くものがあった。

「いいえ、そうとは限りませんよ。ほら、梅本食品には、経理を担当している吉岡佳澄という女性がいて、グエンと仲が良かったというじゃないですか。経理担当なら、従業員の履歴書に目を通すことなんて、造作もないでしょう」

「なるほど、グエンから頼まれて、その女性が情報を教えたと読むわけか」

「ええ、吉岡佳澄にしてみれば、自分のせいで、グエンが野島啓二に殴られて、仕事場にいたたまれない状況に追い込まれたわけだから、その程度のことなら、手を貸すと思うんです」

棟方が考え込んだものの、やがて言った。

「結論を出すには、まだ材料不足だな。それよりも、野島正美さんからの聞き取りで、梅本貞吉が最初、崔精司のことを口にしなかった理由が分かったな」

「もしかして、崔精司自身が、若い時にやんちゃをしていたからですか」

それは、目崎も気にしていた点だった。

「ああ、そうだ。しかも、やんちゃというレベルじゃなかったかもしれんぞ。つまり、いまは正業に就いているものの、以前は、まともな道から足を踏み外したことのある在日との関係を、梅本貞吉はおおっぴらにしたくはなかったのかもしれん。それに、もしかすると、崔精司は、いまでもその筋の人間との繋がりがあり、そのことを梅本貞吉が知っていれば、なおさらだろう」

「なるほど」

目崎はうなずいた。

二人は停めてあったトヨタ・カムリに乗り込んだ。そして、目崎がイグニッションキーを回そうとしたとき、ふいにポケットのスマートフォンが鳴動した。すぐにスマートフォンを取り出した。画面に、《宮路》の着信が映し出されている。

「係長ですよ」

返答を期待せずに棟方に言い、通話に切り替えて耳に当てた。

「はい、目崎です」

《宮路だ。田神茂の容疑が濃厚となったぞ》

スマートフォンから流れ出た音声に、目崎は言葉を失った。たったいま、田神茂の犯行の可能性を棟方と論じていたばかりだったからである。スマートフォンを握り締めると、目崎は言った。

「係長、どうしてですか」

《事件前、野島啓二の住まいのあるアパートの周辺で、不審な男性が目撃されていただろう。田神茂の内偵を続けていた班が、やつの写真を隠し撮りして、それを複数の目撃者に面通ししてもらったところ、何人かの目撃者が似ていると指摘したんだ》

「こちらも、野島正美さんからの聞き取りで、田神茂について、驚くべきことが判明しました」
《いったい何だ》
　宮路の声に、期待の響きが籠もっていた。
「田神茂のホームページに、田神真理の殺害犯として、野島啓二の氏名と偽名、実家の住所、本籍地、それに梅本食品で働いていたということまでが書き込まれていたのを、野島正美さんが見たというんです」
《何だと。いったい誰が書き込んだのだ》
「《正義の味方》というペンネームが使われていたそうで、その書き込みは、すでに削除されています。しかし、棟方さんと話していたことですが、一人だけ、可能性のありそうな人物がいます」
《誰だ》
「梅本食品で働いていたグエンという技能実習生のベトナム人です――」
　目崎は、グエンが野島啓二と揉めた経緯と叩きのめされた後、梅本食品から姿を消したことを説明し、同胞や経理担当の吉岡佳澄の助けがあれば、その内容での書き込みが可能であることを強調し、さらに付け加えた。
「そのグエンが姿を消したのが、ひと月半ほど前のことです。そして、野島正美さんが、ホームページの書き込みに気が付いたのは、一カ月ほど前のことだそうです。タイミング的にも、符合するのではないでしょうか」

うーん、という唸り声がスマートフォンから漏れて、宮路の声が続いた。

《もしかすると、田神茂はその情報をもとにして、石神井公園近くのあのアパートを探り当てて、野島啓二に復讐したのかもしれん。ともかく、すぐに戻ってこい》

「了解しました。棟方さんと大至急戻ります」

スマートフォンから咳払いが漏れて、通話が切れた。

第三章

一

「田神茂は現在、満五十六歳。職業は無職。現住所は、神奈川県都筑区中川四――の一戸建て住宅に一人暮らしをしております。近所で聞き込みをしましたところ、ほとんど近所付き合いはなく、自治会にも入っていないとのことです。また、来客もほとんどなく、通常の外出は夜分に限られていて、食料や日用品の購入が主たる目的であり、まったく孤立状態にあると言っても過言ではありません――」

講堂内に、起立した中年の捜査員の報告が響いている。正面の大スクリーンには、内偵している捜査員の組が撮影した田神茂の写真が映し出されていた。ずんぐりとした体型で丸顔、もじゃもじゃの癖毛の髪型、それに、分厚いレンズの眼鏡を掛けており、団子鼻で分厚い唇をしている。何かに驚いたように振り返った写真の横顔は、目つきがどこか狂気じみているように、目崎には思われた。捜査会議が、十五分前から始まっていた。

「――しかし、その田神茂は、娘が殺害された後も横浜市内の中堅内装メーカーに勤めていましたが、五年前に退職したとのことです」

「退職の理由は何ですか」

捜査員から質問が飛んだ。

「娘の田神真理が殺害されて、その犯人が十七歳の未成年男性と判明した直後から、田神茂は、未成年者による凶悪犯罪に対する糾弾と、少年法の改正を訴える活動を開始しました。当初、その活動は、ほかの未成年者による凶悪犯罪に巻き込まれた被害者家族たちとの連携も生まれて、それなりの広がりを見せました。一部の政党の中には、その運動に共感して、国会にまで働きかけようという盛り上がりすら見せるようになったとのことです。この勢いを得て、田神茂はその運動に専心するために、ついに退職したのだそうです」

「しかし、いまは孤立状態にあるという説明でしたが、田神茂の推し進めていた少年法改正の運動はどうなったんですか」

別の捜査員が声を上げた。

「はい、その点はこうです。当初こそ、世間の共感を呼んで、かなりの盛り上がりを見せた少年犯罪への糾弾と、少年法改正の議論ですが、その中心だった田神茂がしだいに主張をエスカレートさせたことから、ほかのメンバーとの意見の相違が生じ始めました。その後運動は分裂し、ついには、田神茂一人だけが取り残されたというわけです」

「どんなふうに主張をエスカレートさせたんだ」

　雛壇の一課長の柿崎が訊いた。

「運動が開始された当初、彼らのスローガンは、社会から少年犯罪を一掃することと、そのために、少年法を改正して、厳罰化を推し進めるというものでした。ところが、田神茂は、それではまだ手ぬるいと主張し始めて、罪を犯した人間の氏名や顔写真の公開も制度化するように要求したんです」

「なるほど、現在の少年法では、たとえ満十七歳より上の十八歳や十九歳でも、氏名の公表や顔写真の公開は許されていないから、その主張はかなり過激と言えるな」

　柿崎が思案顔で言った。

　すると、起立していた捜査員が続けた。

「しかし、田神茂は自分の運動を止めてしまったわけではありません。事件の起きた公園近くの駅頭で、現在も週に一度、チラシを配り、少年法改正の署名を集める活動を展開しております。雨が降ろうが、雪が降ろうが、たった一人、街頭に立つその姿が、地元でも有名になっているとのことです。それからもう一つ、田神茂は自分の過激な主張をインターネット上のホームページに展開しております。街頭活動では、チラシを受け取る人間や署名に協力する者は多くありませんが、ホームページは様相が異なり、かなりのフォロワーが集まっている模様です」

そこまで言ったとき、講堂前方に立っていた宮路が言った。

「目崎、この点について、例の書き込みのことを報告しろ」

そう言われて、目崎は戸惑いを感じた。あれは棟方が引き出した証言なのだ。自分の手柄のように報告していいものだろうか。すると、隣の席の棟方が、無言のまま顎をしゃくった。早くやれ、という顔である。

仕方がなく、目崎は立ち上がった。

「私と棟方警部補は、被害者の野島啓二の姉、野島正美さんと面談して、彼女から意外なことを教えられました――」

目崎は、たまたま田神茂のホームページを見た野島正美が、一カ月前、その中の書き込み欄に、田神真理殺害の犯人として、野島啓二の氏名と偽名、実家の住所、それに、梅本食品で働いていたことまでが書き込まれていたと述べたことを説明した。

「――ただし、書き込んだ人物は《正義の味方》というペンネームを使用していたそうですが、いまは削除されて、残ってはおりません」

目崎の報告に、講堂内の捜査員たちが顔を見合わせている。雛壇の上層部の連中までが、互いに囁き交わしていた。

すると、柿崎が立ち上がった。

「どうやら、材料が揃ってきたようです。ほかの可能性も排除するわけにはいかないものの、ここは田神茂に本腰を入れ、内偵を積み重ねる必要があるでしょう。注目点は、田神茂の事件当日のアリバイと、凶器となった出刃包丁との繋がりです。それらが判明するまでは、当面の間、田神茂は泳がせます」

了解しました、という捜査員たちの野太い声が講堂内に谺《こだま》した。

二

「棟方さん、ちょっと待ってくださいよ」

目崎は足を早めて、駅のコンコースを歩いてゆく棟方を追いかけた。

だが、その言葉を無視して、棟方は石神井公園駅の改札を潜ってしまった。

彼もパスモで改札を潜ると、やっと棟方に追いつき、その前に立ちはだかった。周囲を行き交っているほかの乗降客が、何事かという顔つきで傍らを通り過ぎるものの、それを無視して、息を弾ませて言った。

「棟方さん、いくらなんでも、二度までの命令無視はまずいですよ」

だが、棟方は平然と言い返した。

「優先順位を変えただけだ。そのどこが悪い」

目崎は言葉に詰まり、大きく息を吐く。

昨晩の捜査会議の終了後、係長の宮路から棟方と目崎に与えられた役割は、田神茂のアリバイの確認だった。昨日の聞き込みで、田神茂のホームページにあった注目すべき書き込みの事実を探り当てたのが、ほかでもなく棟方・目崎組なのだから、これは意趣返しからくる〝左遷捜査〟ではなく、順当な役割分担だと目崎は安堵したものだった。

ところが、今朝、石神井署から出かける段になって、棟方がいきなり、《町田へ行くぞ》と言ったのである。聞き間違いかと思い、《えっ、田神茂の家は、神奈川県都筑区中川にあるんですよ》と言いかけたときには、棟方はすでに十メートル先を歩いていたのだった。

「優先順位を変えるって、町田でいったい何を調べるんですか」

目崎が言うと、棟方の口角がかすかに持ち上がった。

咄嗟に、相手が何を言うつもりなのか察して、目崎は両の掌を棟方に向けて、言葉を制した。

「自分の頭で考えろだったら、もう結構ですから。——分かりましたよ、一緒に行きますよ」

歩き始めた棟方に、目崎も肩を並べた。だが、町田で何を調べるのか、皆目見当がつかないことに変わりはなかった。

だが、石神井公園駅から西武池袋線に乗り、池袋で山手線に乗り換えたとき、混雑した車内で、吊革に摑まっていた棟方が、隣に立っている目崎にふいに囁《ささや》いたのである。

「片手落ちだと思わんか」

目崎は驚いて、棟方に顔を向けた。

「片手落ち――いったい何のことですか」

自分で考えろ、という言葉を予想したものの、棟方から返ってきた言葉はまったく違っていた。

「《正義の味方》は、田神茂に野島啓二についての情報だけを知らせてきた。どうして、共犯者である蓑田裕一については、何も伝えてこなかったんだ」

つかの間、目崎は答えが見つからなかった。車窓を通して、夏の朝の陽ざしを浴びた都内の住宅街を目にして、ふいに思い付いて言った。

「蓑田裕一が、主犯じゃなかったからかもしれませんよ。取り調べを担当した戸塚さんの心証も、あの事件の主犯格は野島啓二であり、蓑田裕一は手伝わされただけだとおっしゃっていたじゃないですか」

「だが、結果的には、蓑田も人の命を奪う事件に加担したことに変わりがないぞ。田神茂にとっちゃ、蓑田も憎むべき犯人の一人だ」

周囲の乗客を慮《おもんぱか》ったのか、棟方が再び囁き声で言った。

「だったら、こういう解釈はどうですか。あの書き込みをしたのは、やはりベトナム人のグエンだった。なぜなら、グエンにとって憎むべき相手は、野島啓二だけで、その相手が過去に凶悪な犯罪を行ったことを知っていたし、実家の住所や勤め先も知っていた。だから、それを書き込んだ——ほら、ちゃんと筋が通りますよ」

目崎も声を小さくして言い返した。

棟方が、かすかにかぶりを振る。

「この前も、おまえさんが、その解釈を持ち出したときに、俺はすぐに違和感を覚えたんだ」

「どうしてですか」

「考えてもみろ。野島啓二が犯人であることを、被害者の父親に暴露するなんて、ひどく回りくどいやり方だと思わんか。もしも、俺がグエンだったら、同胞に頼み込んで、野島啓二を待ち伏せし、半殺しの目に遭わせる。ベトナム人の中に体のでかい、腕っ節の強い奴は、いくらでもいるだろう。しかも、その方が手っ取り早いし、野島啓二が伸びているのを直に目にすれば、自分がボコボコにされたことの溜飲だって、一気に下がるというものだ、違うか」

なるほど、と目崎がうなずいたとき、山手線が新宿駅のホームに滑り込んだ。

「行くぞ」

棟方が顎をしゃくった。二人は周囲の乗客に押し出されるようにして、ホームに降り立った。

《考えてもみろ》か。《自分の頭で考えろ》から変わっていることに気が付き、目崎は足取りが軽くなっていた。こういうときこそ、自分で考える訓練の成果を見せてやる。

棟方とともに階段を下りて、地下の通路を足早に歩いてゆく。ふいに思い付いて、目崎は言った。

「さっきの棟方さんの説を考えてみたんですけど、確かに、変だと思う点がまだありますよ」

棟方がチラリと目崎を見た。

「何だ、言ってみろ」

「確実性がないってことですよ」

「確実性がない？」

まわりを行き交う無数の乗降客の靴音の喧騒に包まれながら、足早に歩く棟方が小首を傾げる。

「だって、田神茂さんが、いくら娘を殺害した犯人を憎んでいたとしても、その犯人についての情報を与えたところで、絶対確実に復讐するという保証はどこにもないんですよ。だとしたら、さっき棟方さんが指摘された手段の方が確実に結果を出せます」

「だったら、誰が《正義の味方》だと思うんだ」

話しながら、二人はＪＲの改札を抜けた。そのまま地下のコンコースを抜けてゆくと、ずらりと横に並んだ小田急線の改札口が見えてきた。

「《正義の味方》は、私たちがまだ想定していない人間なんじゃないでしょうか。それに、いま思い当たったんですが、棟方さんが町田に行くと言い出したの、蓑田裕一について調べるためじゃないですか」

改札を抜けたところで、目崎は再び言った。

「後の方は、正解だ。だが、最初の答えは、刑事としてはまったく使い物にならん。ということは、この問題は、当分お預けということだな。だったら、次の問題は、殺意を持った犯人が、刃渡り二十センチ近くもある出刃包丁を用意して、周到に野島啓二を待ち伏せし、狙い通りにその背後から襲いかかっておきながら、どうして刺したのが二度だったのかという点だ」

言われて、目崎は棟方の顔を見た。捜査会議の席上、これまでただの一人の捜査員も指摘しなかった点である。

二人が小田急線の快速急行に駆け込むと、背後でドアが閉まった。通勤時間帯のせいか、下り線は比較的空いていた。息を弾ませて、棟方とともに座席に腰を下ろした目崎は、また口を開いた。

「それは一刺しでは死なないと思ったので、確実を期すためではないでしょうか」

「いいや、俺が言いたいのは、そういうことじゃない」

「どういう意味ですか」

「二つの傷のうち、右刺突傷は、確か深さ四・八センチだったが、左刺突傷の方は、十・一センチの深さまで達していた。しかも、司法解剖の結果、その左刺突傷が致命傷になったと結論づけられていたじゃないか。だが、その道のプロならいざ知らず、どれほど強い殺意があろうと、人を刺すなんてことは、ほとんどの人間にとっちゃ、初めてのことの場合が多い。だからこそ、待ち伏せの場合、逆に極度に緊張するあまり、力が入り過ぎて、狙いが定まらなくなりやすいものだ。しかも、相手は動く標的だぞ。だからこそ、逆に焦りの心理から、一度狙いを外した後は、滅多刺しにする場合が多いものなんだ」

「つまり、傷がたった二か所だけという点が、逆に問題なんですね」

棟方がうなずいた。

それを目にして、目崎は、別の問題点に思い当たった。それは、野島啓二の刺殺に使用された凶器と断定された出刃包丁が発見されたとき、棟方と相米が話していた疑問点である。

「棟方さん、凶器の出刃包丁が、あんな場所から発見されたことに、相米さんとともに疑問を呈していらっしゃいましたよね」

棟方がうなずいた。

「その問題にも、気が付いたか」

「ええ。それに、一つ仮説を考え付いたんですけど」

「だったら、早く言え」

棟方がじれったそうに言った。

「あの凶器から足が付くことはないと、犯人が高をくくっていたからだと思います。だからこそ、一斉捜索すればすぐに見つかるような場所であっても、一刻も早く包丁を投げ出して、逃走したかったんじゃないでしょうか。血まみれの大きな包丁を手にしたまま、住宅街を抜けてゆくわけにはいきません。すぐに目立って、《地取り》の捜査員の耳に入ってしまうことくらい、誰にでも予想が付きます」

「その読みが当たっているか、それとも間違っているかを判断するには、まだ材料が少なすぎるな」

言いながら、棟方が向かい側の座席に目を向けた。

つられて、目崎も見やる。

父親らしき男性と、幼い女の子が並んで座っていた。ときおり、父親が娘の耳元に何事か囁くと、幼い女の子が弾かれたような笑みを浮かべるのだった。

町田市高ヶ坂一丁目にある蓑田裕一の実家に着いた。

芹ケ谷《せりがや》公園という、美術館もある大きな公園の北側に当たる地域で、確かに野島啓二の家からさして遠くない。

「かなり大きな家ですね」

目の前の二階建ての家を見つめて、目崎は思わず言った。

「ああ、確かに」

棟方もうなずく。

その家は高いブロック塀に囲まれており、塀越しに、庭の百日紅《さるすべり》や梅の樹が葉を茂らせた梢を伸ばしている。その間から、白い煉瓦造り風の四角い建物が見えており、大きな出窓のガラス越しに、木製の家具や整然と片付いた室内が見て取れた。門には、西洋風を意識したのか、鋳鉄製の両開きの扉が取り付けられている。その奥に、幅の広いコンクリート敷きの道が正面玄関まで続いており、両側に丹精された植栽が繁茂している。

「蓑田裕一は、少年院送りになったんでしたね」

目崎は言った。

棟方がまたうなずく。

「ああ、そうだ。ということは、十年以上前にここに戻っているはずだな」

「ここに住んでいるでしょうか」

「蓑田裕一は、今年で二十九歳だぞ。とっくに就職しているだろうし、もしかしたら、結婚もしているかもしれん。実家の暮らし向きは豊かそうだから、野島啓二とは違って、仕事を探すのにさして苦労しないだろうからな。だとしたら、独立していてもおかしくない。——ともあれ、蓑田がいまどうなったか、それを確認する。それが、野島啓二の殺害と関連しているかどうかは不明だが、俺がさっき挙げた、《片手落ち》の問題に、決着がつくかもしれん」

言うと、棟方が顎をしゃくった。

目崎は一つ息を大きく吸うと、それを吐いてから、門柱に取り付けられているカメラ付きのインターフォンのボタンを押した。

「はい、どちら様でしょうか」

落ち着いた感じの女性の声が、インターフォンのスピーカーから返ってきたのは、十秒ほど過ぎた頃だった。

「警察です。お忙しいところ、申し訳ありません。蓑田裕一さんのことで、少しお話をお聞きしたいのですが」

インターフォンに顔を近づけて目崎が言うと、沈黙が続いた。

胸の裡で十まで数えた彼が、再びインターフォンに顔を寄せようとしたとき、いきなりスピーカーから大声が響いた。

「いまさらお話しすることは何もありませんから、お帰りください」

言うと、スイッチを切ったような音がした。

目崎は、棟方と顔を見合わせた。

その棟方は、無言のままインターフォンのボタンを押した。だが、反応はない。すると、棟方が、ボタンを何度も執拗に押し続けた。

「いったい何ですか。迷惑だから、さっさと帰ってください」

ヒステリックな声がスピーカーから響いた。

インターフォンから顔を離したまま、棟方が大声で言った。

「私がお訊きしたいのは、息子さんの十二年前の事件についてです。当然、用はあるわけです。それなのに、門前払いされるわけですか。ということは、いまでも何か後ろ暗いことがあると思われても、仕方がないことになりますよ」

インターフォンがまた沈黙した。言葉をわざと区切った、明らかに近所に聞こえるほどの大声に仰天したのだろう。

案の定、門扉《もんぴ》の奥の玄関が開き、小太りの中年女性がこちらに向かって小走りに近づいてくる。パーマのかかった茶髪。銀縁眼鏡。鼻も目も丸く、口がややへの字で、かなり険しい表情を浮かべている。緑色のボーダー柄のワンピースに、サンダル履きだった。

「ちょっと、家の前で変なことを叫んだりしないでちょうだい」

門扉の向かい側に来ると、中年女性が喧嘩腰に言った。

だが、それには答えず、棟方が警察バッジの身分証明書を提示した。

「警視庁の棟方です」

目崎もそれに倣う。

「目崎です」

「失礼ですが、蓑田裕一さんのお母さんですか」

棟方が言った。

「ええ、そうですよ。——息子のことで見えたのなら、最初に、これだけははっきりさせておきますけど、犯行は全部、野島啓二の仕業なんです。うちの子は気が弱いから、あいつに騙されて、事件に引きずり込まれただけなんですから」

語気は強かったものの、隣近所の住人を気にしているのか、抑え気味の声で母親が言った。

その言葉に、内心の不快な思いを目崎は抑えかねた。蓑田裕一が最初に田神真理に襲いかかり、それから野島啓二と無理やり公園に連れ込んだという事実に、目の前の母親はまったく目を瞑っている。

だが、拳を握りしめて、彼が口を開こうとした寸前に、棟方が言った。

「おっしゃりたいことは、私にもよく分かります。しかし、特段の事情があって、どうしても蓑田裕一さんについてお訊きしなければならないんです」

「特段の事情って、いったい何よ」

口先を尖らせるようにして、母親が言い返した。

「八月十六日の晩に、野島啓二が殺害されたからです」

その場に沈黙が落ちた。

掌を口に当てて、母親が呆然としている。

「どうやら、ご存じなかったようですね」

「ええ、でも、いったい誰が――」

一転して、彼女が困惑の顔つきを浮かべた。

厳しい表情を浮かべて、棟方がかぶりを振った。

「私たちは、それを調べているんです。あの人物が過去にどのような事件を起こしていたとしても、その命が奪われたのですから、我々は放っておくわけにはいきません。ご協力いただけますか」

「そういうことでしたら、少しくらいなら協力いたしますけど、私にいったい何をお訊きになりたいんですか」

　母親が、またしても警戒するような顔つきになっていた。

「息子さんは、こちらのご自宅で同居なさっているんですか」

　途端に、母親が無表情になり、黙り込んだ。

「どうしたんですか」

　しびれを切らしたように棟方が促すと、彼女は意を決したように口を開き、憤然とした口ぶりで言い放った。

「あの子は、もうとっくに罪を償ったんですよ。付きまとうのは止めにしてください。どこにいるかなんて、警察にだって、絶対に教えませんから」

「どうやら、勘違いされているようですね」

「勘違いですって」

「ええ、先ほど、野島啓二が殺害された事件ですが、動機はどうやら怨恨の可能性が高いと考えられます。あり体《てい》に言って、野島啓二は素行のよくない人物でしたから、人から恨まれるような理由に事欠かなかったかもしれません。しかし、殺されるとなれば、並大抵の恨みではないと考えざるを得ません。さて、そうなると、思い出されるのが、十二年前の例の事件です」

「だったら、あの娘の父親が野島啓二を殺したと、警察ではそう考えているってことですか」

　今度は怯えたような表情を浮かべて、察しよく母親が言った。

「現段階では、あくまで可能性の一つです。しかし、もしも、それが事実だったとしたら、息子さんにも危険が及ぶかもしれない」

　母親は考え込んだ。ときおり、その視線が棟方を盗み見る。どう決断していいのか、迷っているのだろう。だが、ふいに顎を上げると、言った。

「いいえ、あの子のいる場所は、やっぱり教えるわけにはいきませんわ。裕一はいままでは、過去と完全に決別して、新しい人生に踏み出しているんですから、もうそっとしておいてください」

「しかし、身の安全のこともあります」

　棟方があくまで食い下がった。

「だから、それが余計なお世話だっていうんですよ。だいいち、私たち家族が、裕一の居場所を誰にも教えなければ、どこの誰だか分からないけど、野島啓二を殺した犯人にだって、その居場所なんて分かるわけがないじゃないですか」

　母親のその口ぶりから、蓑田裕一が改名している可能性を、目崎は思い描いた。だが、改名のためには、家庭裁判所に願い出て、正当な事由があると認められなければならない。だとしたら、野島啓二と同様に、勝手に偽名を使って生活しているのかもしれない。

棟方が言った。

「それなら、野島啓二が殺されたという事実を、あなたはどう考えるんですか。彼は実家で暮らしていたわけではありません。それまでの人生でまったく関連のなかった土地で、しかも、偽名を使って暮らしていました。ところが、どこの誰の仕業《しわざ》かは分かりませんけど、ある人物のホームページに、その氏名と偽名、実家の住所、そして勤め先までが匿名で書き込まれていたという事実があります。つまり、何者かが、出所後の野島啓二の動静を密かに探っていたとしか考えられない。もしかすると、それと同じことを、息子さんがされているかもしれませんよ」

「それは――」

言いかけて、母親は答えに窮したように沈黙した。

「最近、この家の付近で、不審な人物や車両を見かけたことはありませんか」

そう言われて、母親は考え込んだ。だが、すぐに顔を上げて言った。

「いいえ、特にそういったことはなかったと思いますけど」

「息子さんが、誰かにつけられたとか、仕事先に不審な電話がかかったとか、そういったことはありませんか」

「さあ、どうかしら。裕一からは何も聞いていないから、たぶん、そんなことはないと思います」

　すると、棟方が言った。

「それに、息子さんが新しい人生に踏み出されたと言われましたが、人生のほんの出だしで命を奪われた人のことを思えば、自分のことばかり考えるのは、許されることではないのではありませんか」

　途端に、また目を吊り上げて、母親が言った。

「やはり、あなたたちには、裕一の居場所は教えません。帰ってください」

　母親から視線を逸らすことなく、今度は棟方が黙り込んだ。

　だが、母親も憤然として目を逸らそうとはしない。

「行くぞ」

　棟方が顎をしゃくった。これ以上は無駄だ、という素振りだった。

　だが、目崎はその指示に従わず、母親に向かって言った。

「あなたは、自分の息子が野島啓二に騙されて、事件に引きずり込まれたと言いましたね。しかし、その息子が十六歳の少女を捕まえて、無理やり公園に連れ込んだことは、裁判でも確定している事実なんですよ。それでも、息子に非はないと言い張るんですか」

「その言い方は何よ。警官のくせに、一般市民を恫喝《どうかつ》する気なの」

母親が叫んだ。

「恫喝じゃない。私は事実を言っただけだ」

その目崎の肩を、棟方が摑んだ。

「もういい、やめるんだ」

「だって、棟方さん」

「行くぞ」

半ば引きずられるようにして、目崎は棟方とともに蓑田邸から離れた。

それでも、彼の胸の裡の憤懣は、いささかも収まらなかった。あの母親は、息子が少年院を出たのだから、罪を償ったと言い張っていた。確かに、法律上では、その通りだろう。だが、捕まえられて、無理やり公園へ連れ込まれ、その挙げ句に犯されて殺された田神真理の気持ちはどうなるのだ。その無念は、金輪際《こんりんざい》、癒されることはないのだ。死んでしまえば、そんなことは関係ないというのは、人の情というものを少しも理解しない冷血漢の発想だろう。無念は残る、少なくとも田神真理の父親の心に宿って。それを思えば、罪を償ったなどと、いけしゃあしゃあと言えるはずがないではないか。

考えれば、考えるほど、怒りがこみあげてきて、ついに目崎は足を止めた。

「棟方さん、どうして、あの母親にあんなことを言ったんですか」

棟方が足を止めて、振り返った。

「あんなこと？」

「おっしゃりたいことは、私にもよく分かります、とそう言ったじゃないですか」

「いけないか」

顔つき一つ変えずに、棟方が言った。

「利己的《りこてき》なうえに、独善的なあの母親の言い分に、追従《ついじゅう》するなんて、私には到底納得できませんよ」

言い過ぎだということは、十分に分かっているものの、目崎はどうしても言わずにはおれない気持ちだった。

「追従？　俺がいつあの母親に、おもねるようなことを言った」

「だから、さっき——」

言いかけた目崎に、棟方が掌を向けて制した。

「あれは、追従じゃないぞ」

「だったら、何だったんですか」

「肉親の情愛には、道理も理屈もないってことさ」

つかの間、目崎は黙り込んだ。相米が話してくれた言葉を、ふいに思い出したのである。

（棟方の一人息子の葬儀が執り行われたのは、五年前のことだったよ）

（葬儀の席でも、あいつは完全に虚脱して、文字通り魂が抜けたようになっていたよ。早くにかみさんに死なれて、以来、親子二人暮らしだったんだから、無理もないかもしれん）

だが、それなら、殺された田神真理の父親の情愛はどうなるのだ、と目崎は思い直し、言った。

「またしても、棟方さんお得意の警句《けいく》ですか。でも、私は納得しませんよ。あの母親の大事な息子は、何の罪もない十六歳の少女を襲ったんだ。野島啓二が強姦すると分かっていながら、その命令に従った。少年院を出たとしても、その卑劣な罪は決して消えたりはしない。あの女の息子が、凶悪な犯罪者だったという事実は、たとえ天地がひっくり返ったとしても、絶対に変わらないんだ」

目崎の剣幕に驚いたように、棟方が無言になった。それから、かすかに首を振り、言った。

「だからといって、そのことを執拗に指摘して、あの母親をこれ以上苦しめて、いったい何になるんだ」

「苦しめるつもりなんて、少しもありません。ただ、殺人事件の捜査に協力すべきだと思っただけです。まして、自分の息子の起こした事件と関連している可能性があるんだから、なおさら協力すべきであって、あんな身勝手な態度が、許されていいはずがないじゃないですか」

「本当に、それだけか」

棟方の視線が、目崎に突き刺さっていた。

「何をおっしゃりたいんですか」

「目崎、おまえさん自身が抱えているものと、刑事の仕事を混同するなよ」

そう言うと、彼の返答を待たずに、棟方は歩き始めた。

つかの間、目崎は何を指摘されたのか分からなかった。が、次の瞬間、全身がカッと熱くなった。

棟方は知っていたのだ。目崎の父親が刑事としての職務中に、正体不明の若い男と鉢合わせして格闘となり、いったんは手錠を掛けたものの、なぜかそれが外れて胸を刺されて絶命したことを。そして、その謎の犯人を、目崎が追いかけようと決意していることを。

一瞬にして、目崎は父が巻き込まれた事件のことを思い返した。まるでおびき寄せられるように、午後八時に三軒茶屋の裏手の民家に近づいた父。そして、玄関を開けた刹那、飛び出してきたという若い男。

だが、そのことを、棟方はどうして知っているのだ。

当然、誰かが話したはず。

それは何者だろう。

答えが何一つ見つからぬまま、目崎は棟方の後を追った。

三

目崎は棟方とともに、小田急線町田駅から外へ出た。

一瞬、朝の強い日差しに、周囲の景色がハレーションを起こしたように白くぼやけて見える。目の前の広い道路が町田駅前通りで、ひっきりなしに乗用車やトラック、それにバスが行き交い、オートバイや原付、それに自転車も次々と通り過ぎる。左手には、西友の建物が見えていた。二人は町田駅前通りを西側へ向かった。両者とも、半袖のワイシャツ姿で、上着は腕に掛けている。これから町田市役所を訪れるつもりだった。

「やはり、田神茂は黒っぽいですね」

歩道を歩きながら、目崎は言った。

「アリバイのことか」

棟方が言い返す。

昨日、あれから二人は、田神茂のアリバイの確認のために、その自宅のある神奈川県横浜市都筑区中川四――を訪れたのだった。そして、片っ端から近隣の住民に当たり、八月十六日の木曜日に、田神茂が出かけるのを見かけなかったかを訊いてまわったのである。その結果、午後五時頃に、彼が家を出てゆくところを、向かいの住宅の主婦が目撃していた。しかも、その三十分ほど前に、家の玄関前で、田神茂が送り火を焚いているのを、別の家の老人が見かけたのだった。むろん、それらの人々には、聞き込みの件は内聞《ないぶん》にしてほしいと、丁寧に頼み込んだのだった。

「田神真理さんについて捜査資料のメモを読み返しましたけど、田神真理が殺害されたのは、十二年前の八月十六日で、これは《盆明け》であると同時に、野島啓二が殺害された日でもありますよ」

「確かに、タイミングとしても、ぴったり符合するな」

「あとは、何か理由をつけて、田神茂のＤＮＡと、現場近くの側溝から発見された凶器の出刃包丁に残されていた血液のそれを照合して、それらが一致すれば、決まりじゃないですか」

するると、棟方が首を傾げた。

「だが、そうすると、一つだけ矛盾が残るぞ」

「何ですか」

「おまえさん自身が、昨日、こう言ったのをもう忘れたのか。《あの凶器から足が付くことはないと、犯人が高をくくっていたからだと思います》と」

「しかも、昨日、俺たちが聞き込みを掛けた住民の誰一人として、田神茂が手に怪我を負っているような姿を見かけていなかった」

「あっ、そうか——」

目崎は渋々とうなずく。凶器の出刃包丁から、被害者の野島啓二のB型の血液のほかに、別人のA型の血液も検出されたのだった。捜査本部では、野島啓二を背後から襲ったときに、犯人自身もその出刃包丁で負傷したものに違いないと推定していたのである。そして、その部位は、まず十中八九、手だろうと想定されていた。

だとすれば、当然、犯人は負傷した部分を治療して、包帯を巻いたり、絆創膏《ばんそうこう》を貼ったりするに決まっている。ところが、田神茂にそれが認められないとすれば、考えられる理由は、二つしかない。一つは、出刃包丁で不用意に傷つけてしまったのが、服などで隠せる部位だったという答えだ。そして、残る二つ目は、田神茂が犯人ではないという結論である。

目崎は棟方と《町田市役所》の交差点を直進した。左手に《町田市民ホール》が見える。正面に白く細長い柱が等間隔で並び、その奥の外壁部分がすべてガラス張りになった華やかな建物である。その先に町田市役所があった。

二人は玄関ホールに掲示されている部署の案内を見やり、すぐに一階にある市民課の《住民票・戸籍等証明書発行窓口》に歩み寄った。まだ午前十時前だというのに、すでに長蛇の列が出来ていた。

だが、その列を無視して、目崎は窓口のカウンターに近寄ると、カウンターの向こう側を気忙しい様子で通りかかった男性に声を掛けた。

「ちょっと、すみません」

男がチラリと彼を見やった。半袖の白いワイシャツ、ノーネクタイに濃紺のスラックスというなりだった。ＩＤカードを首から下げており、細い顔で、四角い縁なし眼鏡を掛けている。

「順番に対応しますから、列にお並びください」

そっけなく言うと、立ち去りかけた。

「警察です。緊急の用件なんですが」

言いながら、目崎はまず警察手帳の身分証明書を提示した。それから、腕に掛けていた背広のポケットから用意してきた《捜査関係事項照会書》を取り出して、相手に差し出した。

怪訝な面持ちで、眼鏡の男性がその書類を受け取る。隣の列に並んでいる男女が、何事かという顔つきで、彼と棟方をじろじろと見つめる。

「そういうことでしたら、特別にご用件を承りますよ」

一転して、細い顔に愛想のいい表情を浮かべて、男性がうなずいた。

戸籍謄本はもとより、住民票を請求できるのは、本人、本人と同一世帯の人、さらに、それらの人から委任された人と限定されており、無関係の人間はコピーの取得や閲覧は許されていない。しかし、警察が用意する《捜査関係事項照会書》があれば、例外的に取得が認められるのである。

蓑田裕一の母親は、棟方や目崎の問いかけに対して、頑強に抵抗し続け、息子の居場所を知られまいとしたものの、警察の捜査力に対して、一般市民はまったく抵抗できないというのが、現実なのだ。

目崎は言った。

「実は、ある方の住民票を確認させていただきたいんですが」

「でしたら、こちらの申請用紙に、必要事項を記入していただけますか」

言いながら、男性が背後を振り返り、一枚の書類を手に取ると、それを目崎に差し出した。彼はすぐにカウンター前の記帳台で、その書類の氏名欄に《蓑田裕一》、住所欄に《東京都町田市高ヶ坂一丁目――》と丁寧に書き込み、その他の必要事項を埋めると、目崎は自分の判子で捺印し、その書類をカウンターの向こう側で待ち構えていた男性に渡した。

男性が戻ってくるまでに、五分ほど待たされた。手にした書類に目を落として、その男が言った。

「この方は転出届が出されていますね」

「やはり転出していましたか」

言いながら、目崎は棟方と顔を見合わせる。

「ええ、四月一日に、町田市から住民票を移されています。これが住民異動届の控えですけど」

男が一枚の書類を差し出した。

目崎はそれを受け取ると、棟方とともに記載に目を向けた。

住民異動届
引っ越しの日又は変更の日　平成三十年四月一日
届出人氏名　　　　　　　　蓑田裕一
異動者氏名　　　　　　　　蓑田裕一
今までの住所　　　　　　　東京都町田市高ヶ坂一丁目――
新しい住所　　　　　　　　埼玉県和光市南一丁目――

書類から顔を上げて、互いに見合ったのは、まったく同時だった。

「お、おい、蓑田裕一は和光市に住んでいるぞ」

棟方が驚いたように言った。

「はい、梅本食品と同じです」

目崎が言うと、棟方がカウンターから離れて、玄関に足早に向かった。彼も慌てて、その後を追った。棟方がどこに行こうとしているのか、それは訊くまでもなかった。

四

「お隣さんですか――」

低層マンションの三階、その三〇二号室の瀟洒《しょうしゃ》な深緑色のドアの隙間から、顔を出した中年女性がかすかに首を傾げた。

「ええ、どんな感じの方ですか」

棟方が言った。

その傍らで、目崎は執務手帳と鉛筆を手にして、相手の返答に耳を傾けていた。町田市役所で、蓑田裕一が和光市に転居しているという事実を知った二人は、その足で町田駅に向かい、小田急線で代々木上原《よよぎうえはら》駅まで行くと、そこから東京メトロ千代田線に乗り換えたのだった。さらに、明治神宮前駅で副都心線に乗り換えて、一時間ほどかけて和光市駅へ到着すると、駅から徒歩で、埼玉県和光市南一丁目――にあるマンションに辿り着いたのである。蓑田裕一の転居先は、その集合住宅にある三階の三〇三号室だった。

だが、蓑田裕一にじかに接触するには、時期尚早《しょうそう》という棟方の判断で、隣近所に聞き込みを掛けてみることにしたのである。そして、手始めに、隣の家のインターフォンのボタンを押して、出てきた女性に、ある事件の捜査であることを告げて、質問を切り出したところだった。

「――感じのいい方ですよ。廊下やエレベーター前で顔を合わせれば、いつもきちんとご挨拶してくださいますし、ここの自治会にもちゃんと入っていらっしゃいますから」

隣家の中年女性が言った。短髪で顔が小さい割に、目が大きく、整った顔立ちをしている。水色のポロシャツに、デニムのストレートのジーンズというなりで、足元はサンダル履きだった。

「ほう、自治会ですか」

「ええ、マンションでも、持ち家じゃなくて賃貸入居者の中には、面倒臭がって自治会に入らない身勝手な人もいますから。ことに若い方の中に、そういうのが多いんですよ」

かすかに非難めいた口ぶりで、彼女が言った。

「なるほど、――だったら、お仕事や、どこに勤められているかをご存じじゃありませんか」

　棟方の言葉に、女性がかぶりを振った。

「いいえ、そこまではお聞きしていません。でも、毎朝、決まった時間にお出掛けになっていますし、きちんとした背広姿だから、たぶん、ちゃんとしたところにお勤めなんじゃないかしら」

「だったら、今日も出かけられているんでしょうね」

「ええ、今朝も、下の郵便受けに新聞を取りに行った時に、エントランスフロアーで顔を合わせて、挨拶しましたから。いつものように、革のカバンを提《さ》げていらっしゃいましたよ」

「ちなみに、帰宅されるのは何時頃でしょう？」

　その言葉に、玄関の奥の女性が黙り込んだ。棟方の執拗さに、にわかに不審の念を抱いたとしても当然だろう。

「お隣、何かなさったんですか」

　案の定、かすかに目を眇《すが》めて、中年女性が言った。

　途端に、棟方が鼻先で手を振り、作り笑いを浮かべて言った。

「奥さん、どうか心配なさらないでください。ある事件の捜査と申し上げましたけど、お隣の方ご自身は事件と直接の関連はありません。ただし、あの方の知り合いがその一件に関わりがある可能性があるんです。だから、どうしてもお隣の方についても、こうして聞き取りをする必要があるんです。ただそれだけのことですから」

その言葉に、中年女性の眉間の陰りが消えた。

「そういうことだったんですか。——戻ってみえるのは、たいてい午後七時くらいですけど」

「訪ねてくる方は、いる様子ですか」

「いいえ、気が付かないだけかもしれませんけど、私の知る限り、こちらに引っ越してみえてから、一度もなかったんじゃないかしら」

その言葉に、棟方が考え込んだ。そして、目崎に顔を向けた。目崎はうなずくと、わずかに身を乗り出した。執務手帳に挟んでおいた野島啓二の写真を取り出すと、相手に示して言った。

「こういう人を、この近くで目にされたことはありませんか」

写真に目を向けた女性が小首を傾げた。

「いいえ、見かけた覚えはありませんねえ」

「そうですか。——奥さん、最後にもう一つだけ。八月十六日の木曜日のことなんですけど、お隣さんは、いつものように朝から出かけられたかご記憶はありませんか」

「八月十六日ですか」

彼女が考え込んだ。そして、顔を上げると言った。

「さあ、朝出かけたかどうかは分かりませんけど、確か夕方、私が父の墓参りから戻ってきたとき、廊下ですれ違いましたよ」

「ということは、お隣は外出されたんですね」

「ええ、そうだと思いますけど」

目崎は棟方に目を向けた。棟方がうなずき、言った。

「奥さん、お忙しいところ、お邪魔致しました」

そう礼を述べると、玄関先を離れた。目崎もその後に従った。

その後、マンションの居住者三人に聞き取りを試みたものの、最初の女性から聞き出せた以上の情報は得られなかった。

「どこでも、人付き合いが希薄になっているんですね。まあ、マンションなら、よりそうなのかもしれませんけど」

マンションの前の道路で、建物を見上げて、目崎は言った。

「そうだな。隣近所で助け合わなければ生きていけなかった昔と違い、何か足りないものがあっても、二十四時間営業のコンビニもあるし、おまえさんの大好きなスマホやパソコンで、たいていの情報が得られるからな」

渋い顔つきで、棟方が言った。

「これから、どうしますか」

「そっちにアイデアがないのか」

言われて、目崎は考え込んだ。蓑田裕一がここ和光市に引っ越したのは、四月一日だった。一方、野島啓二が崔精司の斡旋《あっせん》で梅本食品に住み込みで働くようになったのは、二月四日からだった。とすれば、少なくとも、四月一日から、野島啓二が梅本食品を飛び出した、七月十五日までの三か月半ほどの間、この和光市の狭い空間に両者は居合わせていたのだ。どこかで鉢合わせしたとしても、不思議はない。と、そこまで考えたとき、一つのアイデアが閃いた。

「ああ、あのマンションの三〇三号室ですか。ええ、確かにうちでご案内申し上げた物件ですよ」

きちんとネクタイを締めたワイシャツ姿の男性が、デスクの向かい側でうなずいた。

「そのときの様子を、具体的にお教えいただきたいんですが」

椅子に腰かけている目崎は言った。

隣に、棟方も無言で座っている。二人は和光市駅の南口側のロータリーに面したビルの四階に入っている不動産会社の応接セットで、営業担当者と対座していた。

マンションに入居したとすれば、当然、その物件を斡旋した業者がいるはず。目崎の思いつきはそれだった。彼はその場でスマートフォンを取り出すと、ブラウザーを立ち上げて、マンション名と《物件》というワードを打ち込んだ。すると、たちまち、この不動産会社のホームページがヒットしたのである。その画面を棟方に示すと、《おまえさんの趣味も、けっこう役に立つな》と苦笑いを浮かべたのだった。

「ええ、いいですよ。ちょっとお待ちください――」

不動産会社の営業員がうなずき、立ち上がると、事務所の奥に向かい、スチール製の書類棚にびっしりと並んでいるファイルを眺めて、やがて一冊を抜き出すと、こちらへ戻ってきた。

「――入居されたのは、確かに蓑田裕一さんとなっていますね」

椅子に座りながら、デスクのうえに開いたファイルを置いて、営業員がおもむろに口を開いた。髪の薄い丸顔の男である。やや垂れ目で、赤ん坊のような色の肌をしており、柔和な顔つきだ。

「こちらには、一人で手続きに来たんですか」

目崎の問いに、営業員が考え込んだ。やがて、目を戻すと言った。

「いいえ、確か、母親と一緒に見えたと思います。いい年なのにと内心思ったのを覚えていますから。まあ、最近は、親離れ、子離れの年齢が上がっていると言いますから、珍しくはないですけど」

「それで、あのマンションは賃貸契約を結ばれたわけですね」

「ええ、そうです」

「家賃はいかほどですか」

「十三万八千円です。まあ、ここらの物件でこの内容なら、かなり高級な部類と言ってもいいでしょう」

さして渋る様子もなく、営業員は明け透けに答えた。個人情報の取り扱いの厳格化が叫ばれている昨今、情報の開示を断られる可能性を危惧していた目崎は、いささか拍子抜けした思いだった。それに、マンションの住人たちが、こちらの聞き取りに対して、いずれも例外なく不審の念を抱き、疑わしいような視線を向けてきたことに比べて、目の前の男性が、そうした態度を一切示さないことにも、ある種の驚きを感じていたのである。もしかしたら、客商売の慣れというだけでなく、こうした警察官の聞き取りにも慣れているのかもしれない。

「契約されたのは、いつですか」

「三月十五日ですね」

ファイルに目を落としたまま、営業員が言った。

「ほかの物件も薦められましたか」

「ええ、それはもちろん、三件ほどお薦めしました」

「それで、どうして、あのマンションを選んだのでしょうか」

「便利でいいから、母親がそう言っていたような気がします。何カ月も前のことだから、いささか記憶が曖昧ですが」

「便利でいい？」

「ええ、母親が自慢していましたよ、息子は司法修習生として四月から司法研修所に通うんだって。これははっきり覚えています。この辺りでは、多いんですけどね。物件によっては、司法修習生に限り、敷金、礼金免除なんて謳《うた》っているものもあるくらいですから」

つかの間、目崎は言葉がなかった。

隣で同じように固まっていた棟方と、互いに顔を見合わせた。信じ難い思いを目崎は感じたものの、それを顔に出すまいと懸命に堪《こら》えた。

二人が不動産会社の入っているビルから外へ出たときは、午後五時半を過ぎていた。

「前歴のある者が、司法修習生になれるんですか」

目崎は棟方に言った。

厳しい顔つきのまま、棟方がうなずく。

「俺も驚いたが、よくよく考えてみれば、ずっと以前にも、似たような事例があったことを覚えている」

「似たような事例？」

「ああ、高校の同級生をめった刺しにして殺害した男が、医療少年院を出た後、大学、さらに大学院へ進学して、司法試験に合格し、ついに弁護士になったんだ。信じ難い話だが、少年法が厳罰化される前だったし、前科はつかず前歴のみだったようだ。おまえさんの得意な、ぷれすて何とかで検索すれば、すぐに見つかるはずだ」

「棟方さん、それを言うなら、インターネットですよ。《プレイステーション・フォー》はゲーム機だって言ったじゃないですか」

呆れた思いで、目崎は言った。

だが、気にする様子もなく、棟方が続けた。

「一年の後、蓑田裕一は少年院を出院した。そのときはまだ十八歳かそこらだったはずだ。大検を受けて、それから勉強し直して大学に入ったんだろう。その後、やつが法科大学院へ進んだのか、予備試験に合格したのか、どちらかは分からんが、やがて司法試験にも合格した。それが昨年のことだった。そして、今年の四月から、この先にある司法研修所に司法修習生として通うことになった。そこへ梅本食品に勤めていた野島が、七月十四日に、弁当の配達に訪れている。そこで二人が顔を合わせたという可能性は、十分にあるぞ」

その言葉に、目崎は改めて驚きを覚えていた。野島啓二と蓑田裕一は、過去に共謀して凶悪な犯罪に手を染め、一人は刑務所を出所した後も、以前と変わらぬ粗暴な性格のまま、自堕落な生き方を続けていたのだ。ところが、もう一人は、まるで別人のような人生を送っている。それは蓑田裕一の母親が口にしたように、まさに、過去と完全に決別して、新しい人生に踏み出したと言えるだろう。だが、その二人が偶然に邂逅《かいこう》したとしたら、いったいどんなことが起きたのだろう。いいや、野島啓二の、そして、蓑田裕一の胸に去来したものは何だったのか。

おそらく、野島啓二は、自分の置かれた満ち足りない境遇と、かつて手下のような存在だった相手のあまりにも見違えるような姿と立場に、驚愕と激しい劣等感、それに強烈な嫉妬の念を抱いたのではないだろうか。それが司法研修所へ弁当を配達した際の、そそくさとした態度の所以だったと思えてならない。

一方、蓑田裕一の感じたものは、それとはまったく別の感情だったろう。自分の犯してしまった過去の大罪、もはや目を向けることはおろか、記憶からも完全に消し去りたいと思っていた犯罪に、ともに手を染めた相手が目の前にいる。それは、すなわち、いまの自分の身分や境遇を脅《おびや》かす存在ではないか。何とかしなければ、身の破滅だ、と追い詰められたような気持ちになったとしても、少しも不思議はない。そして、二人が顔を合わせた可能性のある日の翌日、野島啓二は梅本食品から姿を消したのだ。

目崎は、野島啓二が弁当の配達に赴いたというガソリンスタンドの主任の言葉を思い浮かべた。

（こんな半端仕事に打ち込む間抜けが、どこにいるみたいなことをほざいて、もっといい稼ぎが見つかったら、すぐに辞めてやるなんて言っていましたっけ）

その後、石神井公園近くのアパートに移り住んだ野島啓二は、まったく働いていた気配がないにもかかわらず、二日に一度程度は飲みに出かけていた。だとしたら、その金の出所は――とそこまで考えたとき、目崎の頭の中に稲妻のように一つの考えが閃いたのだった。

「棟方さん、野島啓二がどうして石神井公園の近くのアパートを選んだのか、理由が分かりましたよ」

目崎の言葉に、棟方が目を向けた。

「それは何だ」

「石神井公園から和光市までは、電車の路線こそ違え、直線距離にすれば、六キロくらいじゃないですか」

「だったら、野島啓二が、蓑田裕一を強請《ゆす》っていたと、そう読むわけか」

「ええ、まさにその通りですよ。棟方さん、今回の事件を根底から見直さなければならないと思いませんか」

目崎の言葉に、棟方がうなずいた。

「言われてみれば、確かにその通りだな。野島啓二にとっても、蓑田裕一にとっても、互いの存在を、もはやそのままにしておけないと感じたとしても、何らの不思議もないだろう」

目崎の腕に掛けていた上着のポケットの中でスマートフォンが鳴動したのは、そのときだった。画面に、《宮路》の文字が映っている。目崎はすぐにスマートフォンを取り出すと、応答にして耳に当てた。

「はい、目崎です」

《宮路だ。野島啓二が殺害される三日前、田神茂が自宅近くのホームセンターで、出刃包丁を購入したことが判明したぞ》

宮路の言葉に、目崎は一瞬息を止めた。

「本当ですか」

《ああ。ホームセンターの防犯カメラに、田神茂の姿が映っていて、日付と時間帯から、レジの記録を調べたところ、出刃包丁を購入したことが裏付けられたんだ。しかも、その出刃包丁は、押収された例の凶器と、完全に一致した》

五

「八月十六日、田神茂が自宅を出るところを、向かいの住宅の主婦に目撃されていま す。時間は午後五時頃です。また、その三日前、凶器となった出刃包丁を、自宅近くのセンター北駅から一駅離れたセンター南駅そばのホームセンターで購入していたことは、店内の防犯カメラに写り込んでおり、もはや動かしがたい事実と断定できます。そして、何者かは判明しておりませんが、田神茂が運営しているインターネットのホームページに、田神茂の娘、田神真理を強姦して殺害し、遺体を遺棄した犯人として、野島啓二の氏名と偽名、実家の住所、さらに刑務所から出所した後の彼の勤め先である梅本食品の会社名が書き込まれていたという証言があります。そして、何よりも、田神茂は、娘を殺されたことで、当然のごとく、その犯人の一人である野島啓二をひどく恨んでいました――」

起立した宮路警部がそこまで言うと、講堂内を見回した。さらに雛壇に居並ぶ上層部に顔を向けて、続けた。

「――以上のように、材料はほぼすべて揃っていると見ていいでしょう。よって、私は田神茂の逮捕状を取ることを進言いたします」

捜査会議は、すでに午後九時から始まっていた。縮小されたとはいえ《地取り》班からの報告に引き続き、被害者の足取りや人間関係を追っている班の報告のあとで、重要参考人として浮上している田神茂に関して捜査していた班が、防犯カメラと凶器の一致を報告した直後に、宮路が発言したのである。

「何か、意見はあるか」

雛壇の中央に座している柿崎捜査一課長が野太い声で言い、講堂を埋め尽くしている捜査員たちを見回した。

すると、目崎の隣に座っていた棟方が、ゆっくりと手を挙げた。

「そこ、何だ」

柿崎が指差すと、棟方がもたもたと立ち上がった。

「いまの係長の指摘ですが、一つだけ、まだ解決されていない問題が残されていると思います」

「何だと」

宮路が顔を紅潮させせた。

「待て、棟方に言わせてみよう」

柿崎が口を挟み、棟方を促した。

「確かに、田神茂は、自分のホームページに対する書き込みで、娘を殺害した犯人の一人が野島啓二だということを知ったことは、疑いの余地のないことでしょう。しかし、その書き込みには、石神井公園近くの現住所は書き込まれてはいなかった。だとしたら、田神茂はどうやって、野島啓二の住まいを突き止めたのでしょうか」

「どうだ、係長」

柿崎に指名されて、宮路が渋々という感じで立ち上がった。

「実家の住所が分かれば、身分を偽って母親や姉に接触して、野島啓二の住んでいる場所を聞き出せた可能性があります。すぐに、野島初子と正美に電話で確認を取ってみます。いずれにせよ、それ以外は手堅い材料ですから、田神茂の容疑はほぼ動かしがたいのではないでしょうか。まして、逮捕して、田神茂のＤＮＡ鑑定を実施し、凶器に残されていた血液のそれと一致すれば、もはや何の問題もなく、検察への送検が可能です」

「棟方、そっちはどうだ」

今度は、柿崎が棟方を指名する。

「梅本食品での聞き込みで、私たちは一つ、気になる証言を耳にしました。社長の梅本貞吉氏によれば、野島啓二が姿を消した直後に、法務省の役人を名乗る男が来訪して、野島啓二についてあれこれと聞いていったというのです。ちなみに、先ほどのホームページへの書き込みは、野島正美さんの証言によると、一カ月ほど前とのことですから、七月半ば頃ということになり、法務省の役人を名乗る男が梅本食品へ来訪したのは、その直後の可能性があると思います。まだ面通しはしておりませんが、この人物が仮に、田神茂だったとしたら、その動きは、ホームページへの書き込みで知った野島啓二という人物についての情報を確認するためだったと想定できるのではないでしょうか。そして、確信を抱いた田神茂は、いま係長が推定した手段で、野島啓二の現住所を調べたと考えれば、確かに辻褄が合うように見えるでしょう。――しかし、田神茂の逮捕状を取ることは、時期尚早だと思います」

棟方の言葉に、講堂内がざわついた。

「どうして時期尚早なんだ、理由を言ってみろ」

宮路が吠えるように言った。

「理由の一つは、野島啓二の遺体の状況に不審な点が認められるからです」

「何だ、その不審な点というのは」

柿崎が言葉を挟んだ。

「背中側の左右の脇腹に、刺し傷は二か所。夜の公園で待ち伏せしていた犯人は、相手に悟られることなく、狙い通りに被害者の背後に忍び寄ったものの、どうして最初の一撃は致命傷に至らなかったのでしょう。いいえ、百歩譲って、偶然に間合いを外されたとしても、殺害を意図していた者なら、第一撃に失敗したら、その後、滅多刺しにするというのが、私がこれまで経験上、目にしてきた大半の状況です。ところが、野島啓二は、その後、反対側の脇腹をただ一突きのみで殺害されている。刺す場所が反対側になることも不可解です」

　棟方がそこで言葉を切った。

「そうしたことが、ないとは言い切れんだろうが」

　宮路は、歯切れ悪く言った。

　すると、棟方が再び続けた。

「二つ目の理由は、今日、私と目崎が、蓑田裕一の所在について調べ、明らかになった事実です」

「おまえたち、勝手にそんな捜査をしていたのか」

　いきなり、宮路が怒鳴った。

「野島啓二にしろ、田神茂にしろ、この二人について捜査するためには、蓑田裕一についての調べは外すことのできない要素だと判断しただけです――」

　顔面を真っ赤にした宮路が、目を細めて鋭い目つきで睨みつけている。

　だが、棟方は平然と続けた。

「――その結果、蓑田裕一は今年の四月一日より、和光市内のマンションに転居し、司法研修所に通っていることが判明しました」

　その言葉に、講堂を埋め尽くした捜査員たちが大きくどよめいた。雛壇に居並んでいる首脳陣も驚きの表情を浮かべて、互いに素早く囁き交わした。

「つまり、野島啓二と蓑田裕一は、三か月半ほどの間、和光市内の極めて接近した環境の中で暮らしていたことになります。しかも、梅本食品の社長から聞き込んだところによれば、七月十四日に、野島啓二は仕出し弁当の配達で、司法研修所を訪れています。つまり、ここで、両者が邂逅した可能性が高いのです――」

そう言うと、棟方は、この事実から導き出される筋道について、説明を続けた。司法研修所に配達に行った翌日、野島啓二が梅本食品から無断で姿を消したこと。そして、ガソリンスタンドの主任に、いい稼ぎを掴んだら、すぐにでも仕事を辞めると話していたこと。さらに、石神井公園近くのアパートに転居した野島啓二に、仕事をしている気配がなかったにもかかわらず、二日に一度は飲み屋に通っていたことを付け加えると、棟方はさらに言った。

「しかも、野島啓二の母親は、息子に金銭的な援助を一切していなかったと明言しています。これらの事実から考えられるのは、野島啓二が蓑田裕一を強請っていたという疑いです。そして、もしも、この推定が事実だったとしたら、蓑田裕一はどう考えたでしょう。このままでは、一生、強請られ続けることになる。だからといって、下手に被害を警察に訴えたりすれば、過去の事件が世間に知られる恐れがあり、それもまた身の破滅です。となれば、蓑田裕一にも殺害の動機があると考えられないでしょうか」

話を終えて、棟方が着座すると、講堂にざわめきが沸き起こった。

大きな体の柿崎一課長が難しい顔つきになり、腕組みして考え込んでいる。すると、その隣に座っていた押村管理官が、その耳元で何かを囁いた。途端に、柿崎が表情を変えて、数回うなずいた。それから、おもむろに立ち上がった。

途端に、講堂内が水を打ったように静まり返った。

「色々な意見があるが、田神茂が凶器の出刃包丁を購入した事実と、その凶器が被害者の傷と一致するという点は、やはり重く考えなければならん。それに、殺害された娘の仇を討ったのだとしたら、社会から孤立して、ただでさえ不安定な精神状態と推量される田神茂をこのまま泳がせておいて、万が一、逃亡や自殺という事態にでもなれば、警察の黒星となりかねない。よって、田神茂の逮捕状を請求することとする――」

その言葉に、最前列にいた宮路が、ゆっくりと目崎たちの方を振り返った。その顔に、勝ち誇ったような表情が浮かんでいた。

フン、と棟方が鼻を鳴らした。

そこへ、立ったままの柿崎が、さらに続けた。

「――ただし、ただいまの棟方の指摘も、無視するわけにはいかないことは、誰にでも分かる道理だ。そこで、念のために、棟方と目崎には、蓑田裕一についての調べを続行してもらおう」

柿崎が言い切ったとき、隣に座っていた押村が、小さくうなずいたことや、こちらに顔を向けていた宮路が片目を眇めたことを、目崎は見逃さなかった。

すぐに棟方に目を向けると、隣で、棟方が我関せずと言わんばかりに、右手の小指で耳の穴を穿《ほじ》っていた。

第四章

一

翌日、目崎は棟方とともに和光市駅の南口を出た。

蓑田裕一の内偵のために、まずは司法研修所に当たるつもりだった。二人は駅前の大通りを左へ進み、百メートルほど先で交差している外環道沿いの県道八八号線を右折して、道沿いに南西の方角に足を向けた。朝からすでに摂氏三十度を超えている。炎天下を歩くのは厳しいものの、捜査費は惜しまなければならない。

「棟方さんは、蓑田裕一が犯人だと思いますか」

ハンカチで額を拭いながら、目崎は棟方に言った。

「野島啓二が蓑田裕一を強請っていたことは、十中八九、間違いないだろう。蓑田裕一の実家やあのマンションを見ただろう。実家は相当に豊かそうだ。となれば、野島啓二にとっては、格好のカモだ。ただし、動機が弱い」

手拭いで首筋を拭いながら、棟方が言った。

「動機が弱いって、どうしてですか」

棟方がむっつりとした顔で、目崎を見た。

「待ってください。自分で考えます」

慌てて言うと、目崎は考えを巡らせた。司法修習生の蓑田裕一は、まったく思いもかけずに、野島啓二に見つかってしまった。そして、強請《ゆすり》が始まった。これは、まず確実だろう。だとしたら、野島啓二は、どんなふうに、蓑田裕一を脅したのだろう。

十二年前に、俺と一緒に十六歳の娘を襲ったなんてことを、おまえのお仲間の司法修習生たちはまったく知らないだろうな。少年法という、ありがたい法律のおかげで、氏名や本人に関する情報は一切公表されないからな。まして、司法試験に受かって、ゆくゆくは裁判官様や検事様、あるいは弁護士様になろうというエリートの中に、そんな、とんでもない凶悪な犯罪に加担した野郎が紛れ込んでいるなんて、誰一人想像すらしないだろう。だから、もしも、その事実をお仲間が知ったらどう思うだろうな。びっくり仰天して、おまえに対する態度が、それまでと百八十度違ったものになるんじゃないかな。考えただけでも、ゾクゾクするじゃないか。

たぶん、こんな感じだったのではないだろうか。そして、野島啓二はあの貧相な顔にニタニタと笑みを浮かべて、猫が、捕まえた鼠を嬲《なぶ》るように、青ざめる蓑田裕一に脅しの言葉を囁き続けたことだろう。自分の置かれた状況とは大きな開きのある、恵まれた境遇にいる昔の〝友達〟が、すっかり怯えきって、追い詰められてジタバタする様子を目にして、残忍な悦《よろこ》びを感じたに違いない。とすれば、蓑田裕一が殺意を覚えることはあり得る。と、そこまで考えたとき、目崎は答えに思い当たった。

「司法試験に合格して、司法研修所に入ることのできた蓑田裕一は、言わばまったく別の新しい人生に踏み出したわけだから、それをみすみす台無しにするような、殺人なんか犯すわけがない。棟方さんは、そうおっしゃりたいんでしょう」

勢い込んだ目崎の言葉に、表情を変えぬまま、歩きながら棟方がうなずく。

「ああ、その通りだ。殺人なんか起こしてみろ、今度こそ、前科持ちになって、司法修習生の身分も失うんだ」

「それでも棟方さんは、今回の事件に蓑田裕一が関わっていると考えていらっしゃるんですよね」

「蓑田裕一の人となりを調べてみるまでは、何も断言できんが、強請られて、そのまま黙って手を拱《こまね》いていられるだろうか。何か手はないかと、必死になって考えるのが当然だと思わないか」

肩を並べて、目崎もうなずく。

「ええ、同感ですね。何しろ、蓑田裕一は司法試験に合格するくらい、頭がいい男なんだから、絶対に苦境から抜け出す手段を懸命になって考えたに決まっていますよ。でも、いったい何を思い付いたんでしょう」

「蓑田裕一の選択肢から、一切の犯罪行為は除外されたはずだ。将来に約束されている身分を考えたら、どんなささやかな違法行為ですら、せっかく築き上げた新たな純白の経歴を台無しにする瑕瑾《かきん》を残すことになるからな」

話しているうちに、右側に司法研修所の塀が見えてきた。

汗を拭きながら、目崎は棟方とともに足を早めた。


「蓑田ですか。彼なら、大変に優秀な修習生ですけど、彼が何か？」

研修所の第一部教官の肩書を持つ福沢武男《ふくざわたけお》が、キョトンとした顔つきで言った。

「誤解なさらないでください。私ども、別の人物が起こした事件について捜査しておりまして、その過程で、蓑田裕一さんの名前が出たので、周辺捜査の一環として調べているだけですから」

棟方が愛想よく言った。

正門の受付で、棟方が二人の身分と、司法研修所に所属している一人の司法修習生について、研修所関係者から話を聞くために訪れたと来意を告げると、建物と福沢の名前を教えられたのである。そして、応接室に通され、応対に出て来た福沢に、蓑田裕一の人となりを尋ねたところだった。

「なるほど、そういうことでしたか」

納得したという顔つきで、福沢がうなずいた。たぶん、棟方と大して違わない年齢なのだろう。下膨れの穏やかそうな顔つきをしている。半白《はんぱく》の髪や眉で、ノーネクタイのワイシャツの腹が盛大に太っている。

「こちらでの研修は、相当に厳しくて、一所懸命に自習しないとついていけないほど大変だと伺いましたけど、本当なんですか」

目崎はさりげなく言った。

「ええ、大袈裟な話ではありません。司法試験に合格したからといって、それだけでは、膨大な法律に基づいて適切な判断を下したり、法律を応用したりすることはできませんから。ですから、私のような第一部教官のほかに、民事裁判教官、刑事裁判教官、検察教官、民事弁護教官、刑事弁護教官などの、ベテラン裁判官や検事、それに弁護士が揃えられているんですよ」

「だったら、福沢さんも裁判官なんですか」

「ええ、まあ一応は」

柔和な笑みを浮かべて、福沢がうなずく。

「ときに、八月十六日の木曜日には、どのような修習が行われていたのでしょうか」

頃合いと見たのか、棟方が質問した。

「修習生をA班とB班に二分して、A班は《集合修習》を行い、B班は《選択型実務修習》を行っている時期ですね」

福沢が鷹揚に言った。

「ちなみに、蓑田裕一さんは、どちらの班ですか」

「彼は、確かA班だったんじゃないかな――」

言いかけて、ふいに福沢が真顔になり、かすかに小首を傾げた。

「どうかなさいましたか」

棟方が身を乗り出して訊いた。

「いや、いまちょっと思い出したことなんですが、八月十六日に、蓑田くんが《集合修習》を病気で休んだんですよ」

「休んだ？」

「はい。ともかく、法曹界の人間として一年間みっちりと叩き込む修習ですから、常日頃から体調管理については、口が酸っぱくなるほど修習生に注意しています。まあ、彼ら彼女らの方にも、相当な気構えがありますから、病気で修習を欠席する人間などめったにいませんが。お盆でしたし、それで日付も覚えていたようなわけでして」

福沢の言葉に、何事もなかったように棟方がうなずいたものの、一瞬だけ、目崎に顔を向けた。

むろん、その意味を目崎はすぐに察した。蓑田裕一が野島啓二に脅されて、金をむしり取られていたとしたら、当然、二人は何度か、じかに顔を合わせていたはずなのだ。たぶん、それは修習の休みの日であり、修習所からは距離をおいた場所であったのだろう。しかし、その密会は、蓑田裕一にとっても、気付かれずに、野島啓二を尾行するチャンスを与えることになったのではないだろうか。強請られるまま、ただ手を拱いているはずはなかったろうし、むしろ、あらん限りの知恵を振り絞って、自分が陥った蟻地獄の穴から、どうやって這い出すか、蓑田裕一は必死になって考えたに決まっている。だとしたら、野島啓二が石神井公園の近くのアパートに偽名を使って住んでいることを確認したかもしれない。もしかすると、しばしば、石神井公園駅近くの飲み屋に出かけていた習慣まで、把握していた可能性だってある。

つまり、棟方はあり得ないと断言していたが、蓑田裕一にも、十分に犯行が可能ということになる。そう考えたときに、棟方が捜査会議で開陳《かいちん》した論理を思い出した。

（殺害を意図していた者なら、第一撃に失敗したら、その後、滅多刺しにするというのが、私がこれまで経験で目にしてきた大半の状況です。ところが、野島啓二は、反対側の脇腹をただ一突きのみで殺害されている）

野島啓二の遺体に残されていた二つの傷。これまで捜査本部では、一人の人間の仕業であることを当然視して、誰も疑いの目を向けてはこなかった。しかし、別々の人物による、同じ凶器を用いた二度の襲撃だったと考えれば、傷の様相の違いはもとより、二度目の致命傷がただの一刺しであった点なども、辻褄が合うのではないだろうか。

「休んだのは、その一日だけですか」

棟方が訊いた。

その言葉で、目崎はこの先輩刑事が自分とまったく同じ筋道を思い描いたことに気が付いた。

「ええ、そうです。翌日には復帰しました」

「病気は、完治していたようですか。――つまり、顔色とか、態度とかに、変わった点がなかったかという意味ですけど」

福沢が肩を竦めた。

「とりわけ変わった様子はありませんでした。ただ、病み上がりのせいか、いつもより も物静かだったかもしれません」

「いつもよりも物静かとおっしゃるということは、日頃はかなり活発な方ということでしょうか」

「その通りです。性格は明るいし、豊かな家庭の出身ということで、立ち居振る舞いや言葉遣いもきちんとしています。しかも、刑事さんたちは、もちろん、ご存じないでしょうけど、本人はかなりのイケメンですから、女性たちの中には、かなりのファンがいるんじゃないですかね。私ら年寄りにとっちゃ、若い人が本当に羨ましいですよ」

そう言うと、福沢がさりげなく目崎に視線を向けた。

自分の顔が赤らむのを気にしながら、目崎は問うた。

「特に親しくしている方はいるようでしょうか」

「女性という意味ですか」

「いえ、男性、女性のいずれにこだわる質問ではありません」

「そうですねえ――」

福沢が考え込んだ。そして、顔を上げると言った。

「山下和彦《やましたかずひこ》ですかね」

「どんな人ですか」

「同期の男ですよ」

「その方にお話を聞かせてもらうわけには」

棟方の言葉に、福沢がかすかに迷うような顔つきを見せたものの、すぐに言った。

「学習中ですので、ごく手短にしていただければ」

「もちろんです」

棟方がうなずく。

「蓑田はいいやつですよ」

山下和彦が言った。

「どういうお付き合いをされてますか」

棟方が訊いた。

目崎は二人のやり取りを見つめながら、落ち着かない気持ちで周囲にも目をやった。

三人は、広々とした司法研修所の敷地内にある建物と建物の間で立ち話をしていた。植栽も多く、木陰に入ったものの、蒸し暑く、蟬の鳴き声が喧しい。蓑田裕一の友人が関わった事件のことで、蓑田についても聞き取りしなければならないと、棟方が質問を始めたところである。

「付き合いと言われても、休みの日に飲みに行ったり、たまにテニスでリフレッシュしたりする程度ですけど。そうそう、連休にもテニスに行きましたっけ。軽井沢に別荘があるんで、うちのBMWのM6でひとっ走りしましたよ」

山下が白い歯を見せて言った。細身の長身で、整った顔立ちをしている。

リフレッシュのために、軽井沢の別荘にひとっ走りだと――

内心の苦々しい思いを顔に出さぬようにして、目崎は訊いた。

「ご家族のこととか、聞いたことはありませんか」

「ああ、母親が子離れできずに、うるさいって零《こぼ》していましたね」

「なるほど。ときに、蓑田さんが八月十六日の木曜日に、《集団修習》を休まれたそうですけど、そのことはご存じですか」

「さあ、あいつはA班で、私はB班だから、修習のときは別なので、そんなことは知りませんでした」

棟方が音を立てずに息を吐くのを、目崎は感じた。その棟方が目崎を見た。

「蓑田裕一さんのご実家は、裕福な家だそうですね」

目崎はさりげなく言った。

「互いに実家の経済状況のことなんか話したことはないけど、切り詰めているっていう感じもないし、持ち物も結構いいものを持っていますから、きっとそうなんでしょうね。司法修習生の中にだって、暮らし向きの厳しい連中もけっこういますからね。ハングリー精神というやつなんでしょうけど、その手の人間に限って競争心丸出しでね、みっともないったら、ありゃしませんよ」

山下の口角が持ち上がり、言葉には侮蔑の響きが籠もっていた。

エリート意識。目崎は嫌なものを見たと思った。

ＢＭＷのＭ６といえば、確か千六、七百万円はする車だ。さりげなく贅沢な暮らしぶりを口にして、貧しい人間を平然と見下しているのがありありと出ている。本人の実力でもないくせに、最低な野郎だ。目崎は内心で反感を覚えたものの、ふいに自分自身が、そういう傾向を有していないか不安になり、どちらの思いも顔には出さずに言った。

「でも、司法修習生って、公務員なんでしょう」

「ええ、最高裁判所に任用されて、身分としては公務員に準ずるということになっていますから、守秘義務や修習専念義務がありますし、アルバイトや副業は許されませんよ」

最高裁判所、という言葉に力を籠めるようにして山下は言った。

「えっ、だったら、経済的に余裕がない家庭の出身者は、法曹の道に進めないじゃないですか」

目崎の言葉に、山下がかぶりを振った。

「いいえ、平成二十三年までは、国家公務員一種採用者と同額の給与が支給されていたんですよ」

「平成二十三年まではというと、それ以降はどうなったんですか」

「給与制度が廃止になり、最高裁が生活資金を無利息で貸与することになったんです。修習終了後に返済する、そういう制度に切り替わりました」

「なるほど。しかし、蓑田さんは、その制度は利用されていないわけですね」

「もちろんですよ」

その後、いくつかの質問を繰り返したが、気になるような証言は得られなかった。目崎は棟方とともに礼を述べると、口止めをお願いして、その場から離れた。

「一つだけ収穫がありましたね」

山下和彦から離れると、目崎はすぐに言った。

「ああ、蓑田裕一のアリバイがないってことだな」

「棟方さんは、蓑田裕一が犯罪に手を染めることはあり得ないとおっしゃいましたけど、それも怪しくなったような気がするんです」

「俺自身も、本音を言えば、いささか自信がぐらついている」

目崎は、棟方の弱音を初めて聞いた気がした。

「言うまでもありませんけど、蓑田裕一にしてみれば、野島啓二が生きている限り、まず間違いなく、一生付きまとわれるんですよ。せっかくエリート街道まっしぐらっていうのに、それじゃ、お先真っ暗じゃないですか」

言いながら、何となく心残りを感じて、目崎は振り返った。木陰のところに、まだ山下雅彦が佇んでいた。煙草を吸っている。たぶん、建物内は完全禁煙なのだろう。

棟方も足を止めて、同じように山下を見つめて言った。

「あいつらは、いずれ裁判官か検事、あるいは弁護士になる。そして、社会的地位が上がると同時に、懐具合がぐんと豊かになる。ところが、肥えれば、肥えるほど、ダニに吸われる血が増えるってことだ。これくらいの想像は、蓑田裕一も一瞬にして思い描いたことだろう。だったら、いっそのこと、いまのうちに——そういう悪魔の囁きに唆《そその》かされるってことも、十分にあり得るな」

山下和彦が短くなった煙草を捨てると、腕時計を見やり、その場を立ち去ろうとした。

すると、棟方が顔つきを変えて、いきなり山下の方に向かって歩き出した。

「棟方さん、どうしたんですか」

目崎は声を掛けたが、振り返ったのは、山下和彦の方だった。

「山下さん、もう一つだけ、訊いてもいいですか」

近づきながら、棟方が声を掛けた。

「何ですか」

立ち止まった山下が、怪訝な表情を浮かべて言った。

「さっき、蓑田裕一さんについて、持ち物も結構いいものを持っていますからと、そうおっしゃいましたよね」

「ええ」

「蓑田さんが、どんな腕時計をされているか、ご存じじゃありませんか」

「ええ、知っていますよ。フランクミュラーでしたね。クオーツの。それが何か」

棟方が目崎に顔を向けた。そして、視線を戻すと、再び訊いた。

「今もしていますか」

つかの間、山下が考え込んだものの、すぐに言った。

「そういえば、近頃は別の腕時計を嵌めていますね。そうそう、7月の後半くらいだったかな、あれっと思ったんです」

二

「八月十六日の夕刻、自宅から外出したよな」

机の向かい側に座っている男から目を離さずに、宮路信也は言った。

「よく覚えていません」

田神茂が小さな声で言った。相変わらず小太りで丸顔、もじゃもじゃの癖毛の髪をしており、度の強い眼鏡を掛け、団子鼻だ。取調室内にはクーラーが効いているが、額に汗が光っている。

「だったら、その三日前、八月十三日に、センター南駅そばのホームセンターで買い物をしたことは、覚えているか」

田神が視線を逸らした。痙攣《けいれん》するように、肩が小刻みに震えている。

「どうなんだ」

「いいえ、記憶にありません」

「そんなはずはないだろう。そのホームセンターであんたが買い物をしたことは、店内の防犯カメラに写っていて、その映像がいまも残されているんだぞ。さあ、よく思い出してみろ、その店で何を買ったんだ」

だが、田神茂は口を噤《つぐ》んだまま、もう何も言おうとしなかった。

逮捕状が執行されたのは、今日の早朝のことだった。三台の覆面パトカーに分乗した私服姿の捜査員たちが、午前五時半に、田神茂の自宅を包囲すると、宮路自身が、玄関のインターフォンのボタンを押したのだった。

だが、しばらくの間、インターフォンのスピーカーからは何の反応も返ってこなかった。そこで、二度、三度とボタンを押し続けた。すると、《はい、どなたですか》とくぐもった男の声が四度目でやっと響いた。

《警察です。田神さん、あなたに逮捕状が出ています。すぐに玄関のドアを開けなさい》

インターフォンに顔を近づけて、宮路は怒鳴った。

十秒ほど沈黙が続いた。家の中で、田神茂の起き抜けの頭が恐慌を来《きた》しているのか、それとも逃げようと考えているのか、そのどちらかだろうと宮路は思った。

《家の周囲は、捜査員で包囲しているぞ。田神、逃げようなんて、馬鹿な了見を起こすんじゃないぞ》

再び、インターフォンに向かって怒鳴った。

すると、三分ほどして、錠とチェーンが外されて、ドアが開いた。玄関の土間に、上下とも、グレーのスエット姿の田神茂が、青ざめた顔で立っていたのである。

すかさず、宮路は玄関に足を踏み入れると、手にしていた逮捕状を読み上げた。

《逮捕状、被疑者氏名、田神茂、都内石神井公園内における野島啓二殺害により、被疑者を逮捕することを許可する。平成三十年八月二十一日東京地方裁判所――逮捕状執行時間は、八月二十二日午前五時四十二分》

読み終わると、宮路はそれを目の前の田神茂に提示した。そして、表情を強張らせている相手の両手首に、無言のまま手錠を掛けたのだった。

一台の覆面パトカーの後部座席に押し込まれて、田神茂が石神井署に連行されてきたのは、午前八時少し前のことだった。そして、ただちに、身体検査が行われ、それが終了すると、宮路は取り調べを開始したのだ。

だが、すでに正午を過ぎたにもかかわらず、田神茂は曖昧な返答を繰り返しているのだった。

そのとき、取調室のドアにノックの音が響いた。

「係長、ちょっとよろしいでしょうか」

ドアの外から声が掛かった。

宮路はパイプ椅子から立ち上がると、振り返ってドアを開けた。

若い捜査員が立っていた。そして、宮路の耳元に顔を近づけて、何事かを囁いた。

「本当か」

顔を離して、宮路は言った。

「間違いありません」

若い捜査員が真剣な顔つきで、深々とうなずいた。

「分かった。ご苦労だった」

言うと、宮路はドアを閉めて、再び椅子に腰かけ、すかさず続けた。

「さて、田神、そろそろ、本当のことを話してもらおうか。たったいま、興味深い報告が届いたぞ。今回の事件で刺殺された野島啓二がこの七月半ばまで働いていた職場がどこか、むろん、あんたは知っているよな。知らんとは言わさんぞ。野島啓二が埼玉県和光市にある梅本食品に勤めていたと、あんたのホームページに書き込まれていたことがあるのを、こっちは知っているんだ」

その言葉に、田神茂が上目遣いのまま、怯えたような表情を浮かべる。

その目から視線を逸らさずに、宮路は続けた。

「しかも、その職場から野島啓二が姿を消した直後、法務省の役人を名乗る五十絡みの男が、梅本食品を訪れて、野島啓二についてあれこれと質問したそうだ。それは、ホームページの書き込みがあった直後で、今朝、うちの捜査員が梅本食品に赴いて、あんたの写真を見せたところ、梅本社長は、法務省の役人を名乗った人物に間違いないと断言した。さらに今朝、野島啓二の母親に電話で確認したところ、少し前に、保護観察所の観察官を名乗る人物から電話があって、野島啓二の現住所を問い合わせてきたことがあったと話していた。だが、こちらで確認したところ、そんな観察官はいなかった。その電話を掛けたのも、あんただな」

宮路が言い募《つの》るにつれて、田神茂の肩の上下する動きがしだいに大きくなり、口を半開きにして呼吸するようになっていた。

「これでも、まだ白を切るのなら、もう一つだけ、教えてやろう。あんたがセンター南駅そばのホームセンターで購入したものも、こっちはとっくに摑んでいる。そして、それが何に使われたかもだ」

机の上に置かれた田神茂の両の拳が、はっきりと分かるほど震えている。

もう一押しだ、と宮路は思った。

「あんたが最愛の娘を奪われたのは、十二年前のことだったよな。なんとも痛ましい事件だったよ。夏休みで、友達と映画を観るためにセンター北駅近くのショッピングセンターに出掛けた。そして、その帰りに、とんでもない連中に襲われ、公園に無理やり連れ込まれて茂みの中で――」

「やめてください」

いきなり田神茂が叫ぶと、両耳を手で塞いだ。目を固く瞑っている。

だが、宮路は続けた。

「獣のような犯人は、あんたの娘がどんなに抗《あらが》っても、満身の力を籠めて組み伏せて、助けを求めて悲鳴を上げようとしても、口を手で塞ぎ、彼女を後ろ手に結束バンドで拘束し、そして――」

「もう、言わないでくれ、――ああ、そうだよ、私が、私があいつを刺したんだ――」

悲鳴のような叫びから一転して、顔を震わせたまま、絞り出すように田神茂が話し始めた。

「――ホームページの書き込みを目にしたとき、どれほど驚き、これ以上もないほどの興奮を覚えたか、あんたらには想像もつかないでしょう。だけど、野島啓二という男が、本当に娘をひどい目に遭わせ、殺害し、遺体を放り出して逃げた犯人かどうか。それを確かめなければならないと思ったんです。だから、すぐに、和光市へ飛んで行きました。梅本という社長に会ったことも、刑事さんの言う通りです。そして、野島啓二が、私の娘を襲い、殺害した張本人かどうかを役人を装って確認しました。それによって書き込みの内容が事実だという確信に至ったんです」

田神茂は机の上で両手を組み合わせて、がっくりと肩を落とし、顔を伏せた。

「どうやって、野島啓二のアパートを知ったんだ」

宮路は言った。

「いまご指摘のあった通り、保護観察所の観察官を名乗って、実家に電話を掛けたんです。少年院の仮退院や、成人の受刑者の仮釈放、それに保護観察付執行猶予者にだけ、保護観察が付けられるということを知っていましたけど、野島啓二の母親はきっとそんな法律の知識なんて持ち合わせていないだろうと思ったんです。すると、案の定、こちらが高圧的に出ると、母親はすぐにあいつの住んでいる場所を教えてくれました」

「それを知ってから、何をした」

「石神井公園近くのアパートまで行って、あの男の動きを観察しました。毎日、毎日、その繰り返しでした。そして、あいつがろくに働きもせずに、しょっちゅう飲み屋に行っていることも知りました――」

机の一点を凝視したまま、田神茂が物に憑《つ》かれたように話し続けてゆく。

「だから、私は決意したんです、娘の命日である八月十六日の晩、必ず、野島啓二に復讐してやろうと。その日の晩、俺は奴のアパートの前で、じっとあいつを待ち伏せていました。あいつが飲み屋に通っている習慣は分かっていたし、酔った後なら殺しやすいだろうし、帰り道の夜の公園なら目撃される恐れも少ないと思ったんです。飲み屋まで尾行《つけ》て、思いの外、短時間で出てきた奴は、家に戻るようで、人けのない公園に入りました。そこで私は用意しておいた凶器を取り出しました」

「出刃包丁だな」

「そうです」

「どこで手に入れた」

「センター南駅近くのホームセンターです」

「いつ購入した」

「八月十三日の夕方」

「犯行時、素手で握ったのか」

「いいえ、軍手も用意していましたから、それを嵌めて握りました」

言いながら、田神茂が顔を上げた。そこに怯えや躊躇いの表情はなかった。その代わり、挑むような鋭い眼差しが宮路を見つめていたのである。

「そして、野島啓二を刺したんだな」

「はい」

「どこを刺した」

「無我夢中でしたが、背中の辺りだったと思います」

「相手は、どうなった」

「叫び声を上げて、ふらつきながらも、雑木林の中へ逃げ込みました。だから、私は、馬鹿野郎、真理の無念が分かったかと言ってやりました。そうしたら、いきなり振り返って、奴は反撃に出ようとしたんです」

そのときの光景を思い出したのか、田神茂は引きつった表情を浮かべた。

「それで、おまえはどうした」

「怖くなって逃げ出しました」

「ちょっと待て、だったら、おまえが刺したのは一度だけだと言うのか」

「そうです」

うなずく田神茂に、宮路は怒鳴った。

「嘘を吐くんじゃないぞ」

三

「またですか」

アパートのドアを開けて顔を出すなり、住人の女性が言った。

「申し訳ありません、たびたびお時間を取らせてしまって」

棟方が頭を下げた。

石神井公園の北側にある松葉荘の二階、三つ並んだドアの真ん中の部屋の前に、目崎は棟方とともに立っていた。野島啓二が暮らしていた部屋の左隣に当たり、数日前に、棟方が訊き込みを掛けた相手にほかならない。

「今日は何ですか」

女性が言った。肩まで伸びたストレートヘア、黒縁の眼鏡を掛けた丸顔で、今日は白いTシャツにストレートのジーンズだ。相変わらず、化粧っけはない。

「実は、これを見ていただきたいんですが」

言いながら、棟方が一枚の写真を差し出した。蓑田裕一の顔が写っている。都筑警察署から借用した捜査資料に添付されていた写真を複写したものである。

女性が写真を受け取り、顔に近づけた。怪訝な表情が浮かんでいる。

「どうでしょう。この辺りで、こんな感じの男性を見かけたことはありませんか」

棟方が言った。

目崎も女性の顔を見つめていた。和光市の司法研修所で、彼らは着目すべき事実を知ったのである。蓑田裕一が八月十六日に《集団修習》を休んだという事実が、その一つ。そして、その愛用の腕時計がフランクミュラーだったことと、それがひと月ほど前に、別の腕時計に変わったという点である。後者は、彼の友人である山下和彦から引き出した証言だった。

つまり、蓑田裕一が野島啓二に強請られていた可能性がさらに強まったとしか言いようがないのだ。そして、野島啓二が殺害された日に、蓑田裕一にアリバイがないとすれば、彼もまた有力な容疑者と考えざるを得ない。

しかし、蓑田裕一が犯行に及ぶには、野島啓二の住まいはもとより、その生活のパターンを知っていることが前提となるのだ。そこで、目崎は棟方とともに、和光市から石神井公園までタクシーで急行して、聞き込みを開始したところだった。

「いいえ、見たことありませんけど」

隣家の女性は、あっさりと首を振った。

「そうですか。ありがとうございました」

言うと、棟方が頭を下げて、部屋の前を離れた。目崎はその後ろに続いた。

外階段を降りると、棟方が考え込んだ。

「これから、どうしますか」

棟方の傍らに立って、目崎は言った。

「そうだな。いま何時だ」

「午後五時過ぎです」

「少々早いが、行ってみるか」

「どこにですか」

「池戸まなみさんがバイトしている店だよ」

「ああ、なるほど」

目崎は棟方と同時に踵を返した。

「すみませんが、今日はバイトの池戸まなみさん、シフトに入っていらっしゃいますかね」

飲み屋の裏口で、棟方が通りかかった若い女性従業員に声を掛けた。

「まなみ？　ええと、ホールの担当には入っていますけど、シフトは午後六時からだから、まだ来ていません」

素っ気なく言うと、女性従業員は素早く立ち去ってしまった。

棟方が腕時計を見やり、目崎に言った。

「しばらく、待つしかなさそうだな」

「ええ、それにしても、蓑田裕一は、本当に事件に関わっているんでしょうか」

「諸般《しょはん》の状況から判断して、彼が事件にまったく無関係ということはまずあり得ないだろう」

「だったら、あの母親が泣きますね」

「ああ。十二年前、彼女は一度、泥水を呑んだ。だが、そこから息子が立ち直っただけじゃなく、司法試験にまで合格して、文字通りバラ色の将来が見えかけているんだ。今回、もしも、本当に事件に関わりを持っていたとしたら、振り出しに戻るだけじゃ済まないからな」

「だからなんでしょうね」

目崎の言葉に、棟方が首を傾げた。

「だから？」

「司法修習生の山下和彦のことを、どう感じました」

「いかにも頭の良さそうな感じの男だったな」

「それだけですか。――私は、まったく鼻持ちならない気がしましたね。平然とエリート感を曝《さら》け出して、あんなやつが裁判官になるとしたら、何だか先行き不安でしょうがありませんよ。それはともかく、蓑田裕一も、きっと同じような意識に染まっているような気がしたんです」

「エリート意識か。だったら、今度、妹に訊いてみることにしよう」

言われて、目崎は慌てた。

「そうか、棟方さんの妹さんも弁護士だったんでしたよね。それなら、いまの言葉は全面撤回します。ついうっかりして、失礼なことを申し上げてしまいました」

その様子に、棟方が珍しく歯を見せた。

「気にするな。そういうところが、おまえさんらしくていい」

「えっ、私の何がですか」

「おまえさんだってエリートの一人だろうに、まったくそう思ってないところがな」

「私はエリートでは」

ないですよと言いかけたとき、後ろから声が掛かった。

「私に何か用ですか」

厨房の横手の通路に、池戸まなみが立っていた。また丈のうんと短い着物のような制服姿で、酒屋のような紺色の前掛けを締めている。だが、今日はばっちりとお化粧を決めており、アイシャドウと真っ赤な唇が目を引いた。

「この前は、いろいろと答えてくれて、とても役に立ったよ。実は、今日は別の人のことで、あなたに訊きたいことがあるんだ」

言いながら、棟方が執務手帳に挟んでおいた蓑田裕一の写真を取り出すと、相手に差し出した。

「こういう男性を、この店とか、近所で見かけたことがないかな」

池戸まなみが、棟方の手にしている写真に目を落とした。と、ふいに眉が上がり、顔を棟方に向けると、言った。

「この人なら、お店に来ましたよ」

「いつ？」

「えーと、たぶん、ひと月くらい前だから、七月後半くらいだったかな。はっきりしないけど、たぶん、それくらいの頃だったと思いますよ」

「よく覚えていましたね」

「だって、けっこうイケメンだったし。一人で店に入ってきたから、誰かと待ち合わせなんだろうな、と思ったんだけど、結局、後から誰も来なかったんです」

「どんな感じの客だったか、そういったことも記憶はないかな」

「うーん、何だか、暗い感じでしたね。ビールを注文して、料理も一品ぐらいしか頼まなかったんじゃなかったかな。店に入ってきたときに、サングラスをかけていたし、飲み物にも料理にも、あまり手を付けないんで、変な客だと思ったから、そのこともあって記憶に残ってるっていうか」

「飲み物にも料理にも手を付けない？　だったら、何していたんだね」

　棟方の問いに、池戸まなみは肩を竦めた。

「さあ、分かりません。でも、ほかのグループに料理を運んで行ったとき、この人がサングラスを外して通路の方に顔を出して、こそこそ奥を見ているのを見かけましたけど」

その言葉を耳にして、目崎は思いついたことがあった。

「棟方さん、私が訊いていいですか」

棟方が顔を向けた。

「ああ、いいぞ」

うなずくと、目崎は身を乗り出して言った。

「池戸さん、その日、店の奥のテーブルで、杉田浩二さんが飲んでいたんじゃありませんか」

瞬間、池戸まなみが考え込んだが、すぐに掌を口に当てて破顔した。

「あら、嫌だ、すっかり忘れていたけど、そうでした。あの日、カマキリも来店していたんだわ。——でも、刑事さん、どうして分かったんですか」

「いいや、ちょっとした思いつきで、別に理由はないんですよ」

目崎は誤魔化した。

その後、二、三の質問を繰り返した後、目崎は棟方とともに店を後にした。

「これで、外堀は埋まりましたね」

ネオンが煌《きら》めき始めた飲食店街の道を歩きながら、目崎は棟方に言った。

「ああ、そう見ていいだろう」

肩を並べている棟方も、重々しくうなずく。そのとき、棟方の腕に掛けていた背広から、携帯電話の着信音が鳴り出した。小首を傾げて、背広から一昔前のガラケーを取り出すと、棟方が画面を開いて耳に当てた。

「はい、棟方——」

言ったまま、棟方が沈黙した。かすかに目を細めながら、電話を掛けてきた相手の話を聞いている。

やがて、マイクの辺りを分厚い掌でしっかり覆うと、小声で目崎に言った。

「係長からだ。田神茂が落ちたと、わざわざ知らせてきやがった。ところが、田神は刺したのは一度だけで、怖くなって逃げ出したと言い張っているらしい——」

そこまで言うと、マイクを覆っていた掌を外し、言った。

「——係長、今度はこっちの報告を聞いていただけますか——」

言いながら、目崎に向けた顔の唇の端が皮肉っぽく持ち上がっていた。

「——蓑田裕一は事件の起きた八月十六日に、司法研修所を休んでいます。しかも、彼の腕時計はフランクミュラーでしたが、ひと月ほど前に、ほかの腕時計に変わっていたことを、別の修習生が証言しました。これが何を意味するかは、いまさらご説明するまでもないでしょう。蓑田裕一は野島啓二と、偶然に司法研修所で再会したことから、かつての悪い友達から強請られるようになったんですよ。しかも、思い出してください。和光市と石神井公園は、直線距離にして、わずか六キロほどです。しかも、野島は原付を持っていました。これで、梅本食品を飛び出した後、野島啓二がそれまでまったく縁もゆかりもなかった石神井公園なんて場所にアパートを借りた謎が、あっさりと氷解するじゃないですか――」

そう言うと、その筋読みにしたがって、その裏を取るための取り調べを行ったことを棟方がさらに説明して行く。和光市から石神井公園に急行した彼と目崎が、野島啓二のアパート近辺に、蓑田裕一の姿が出没していなかったか聞き込みしたことを告げ、さらに言った。

「――残念ながら、目撃者は一人も見つかりませんでした。しかし、念のためと思い、野島啓二が頻繁に通っていた飲み屋に当たってみたところ、やつが熱を上げていた女子従業員が、客として訪れた蓑田裕一に見覚えがあったんですよ――」

そこで、棟方が言葉を切った。宮路の反応を窺っているのだろう。目崎を見た棟方の目に、皮肉な笑みが浮かんでいる。たぶん、宮路が絶句して、携帯は沈黙しているのだ。

とどめとばかりに、棟方が言った。

「――野島啓二の背中の傷は二つでした。それなのに、完落ちした田神茂は、刺したのは一度だけと主張している。つまり、もう一人、田神茂が逃げ去った直後に、同じ凶器で野島啓二を刺して、死に至らしめた真犯人がいるということになるんじゃないですか。――ということで、私ら引き続き、蓑田裕一の線を追わせていただきますけど、問題はありませんよね――」

言った後、しばらく携帯電話を耳に当てていたものの、やがて棟方が通話を終えた。

「係長は、どうおっしゃったんですか」

待ちかねた気持ちで、目崎は言った。

「いつも通りさ」

棟方がむっつりと言った。

「いつも通り？」

「勝手にしろ、だそうだ。――行くぞ」

「どこへ行くんですか」

「蓑田裕一に直当たりする。ここまで材料が集まっているからには、相手がどう出るか、この際、見極めておく必要がある。まして、周囲を俺たちが嗅ぎまわっていることを、向こうもそろそろ感づき始めているだろうからな。俺たちが面談した司法研修所の教官は黙っていてくれるだろうが、あれだけ口止めしていても、山下和彦はとっくに告げ口しているに決まっている」

「しかし、蓑田裕一がホンボシである可能性を考えたら、少なくとも管理官の許可くらいは取りつけておく必要があるんじゃないですか。私たちが独断専行した結果、犯人の逃亡や自殺となれば、大問題ですよ」

目崎の言葉に、棟方がかぶりを振った。

「捜査本部は、田神茂犯人説で凝り固まっている。田神茂の自供や凶器の存在、それにアリバイがないこと。向こうには、あまりにも有力な材料がごっそりと揃っていやがる。検察に送致されれば、検事が起訴することは目に見えているし、裁判の罪状認否で、田神茂が罪を認めてしまえば、判決は速やかに下されるだろう。つまり、このまま放っておけば、蓑田裕一は逃げ得ということになる――」

そこまで言うと、棟方が鋭い目つきで目崎を見つめて、続けた。

「――検察送致までは、あと一日しか残されていないんだぞ」

言うと、棟方は歩き出した。

目崎は慌てて、その後を追った。

四

夜のマンションの廊下には、様々な音が聞こえてくる。

車の通過音。

どこかの家で視聴している、テレビの音声。

クーラーの室外機の立てる連続音。

遥か遠くの高架を行く、列車の通過音。

廊下に棟方と佇《たたず》んでいた目崎の耳が、エレベータの上昇する滑らかな音を捉えたのは、午後八時半過ぎだった。

棟方と顔を見合わせた。

やがて、エレベータが三階に停まり、ドアがゆっくりと開いた。中から背の高い男性が出て来た。半袖の白いワイシャツ、濃紺のスーツのズボン、黒いローファーの靴。左手に鞄を下げている。マンションの外廊下をゆっくりと近づいてくる。部屋のドアの前に立っている目崎たちに気が付いたのか、十五メートルほど離れた場所で、つと足を止めた。

「蓑田裕一さんですね」

棟方が歩み寄りながら声を掛けた。

目崎も、その後に従う。

「ええ、そうですけど」

相手がうなずいた。外廊下の側壁に等間隔で取り付けられた丸いライトの光が、その顔を照らしている。形のいい瓜実顔《うりざねがお》に、形の整った細い眉と二重の眼、細く高い鼻梁や薄い唇が、落ち着いた穏やかな印象を与えていた。七三に分けた髪に、天使の輪が光っている。

「警視庁の棟方です」

そう言うと、警察バッジの身分証明書を提示した。

「同じく、目崎です」

「何かご用ですか」

微塵《みじん》の動揺も示すことなく、蓑田裕一が言った。

「八月十六日の晩、野島啓二さんが殺害された一件で、お話をお聞きしたいんです」

目を瞬いたものの、蓑田裕一は無言だった。

「ご存じでしたか」

棟方の言葉にも、何も言おうとしない。

その態度を見つめて、目崎は思った。野島啓二が殺害された一件は、事件の翌朝の全国紙に、三段二十行程度の記事として報道された。だが、すべての人が新聞を読むとは限らない。ここで、その事実を初めて知ったように驚いたふりをしても、とうに承知していたという反応を示しても、どちらにしても、わざとらしく見えてしまう。だからこそ、無反応を続けているのだろう。したたかな態度だ。

「私に、何を訊きたいんですか」

ようやく、蓑田裕一が口を開いた。

「かなりデリケートな内容ですが、立ち話でかまわないですか」

棟方が言った。

「別にかまいませんよ」

疾《やま》しいことは何もないのだから、そう言いたいのだろう、と目崎は胸の裡で思った。

「お訊きします。八月十六日の木曜日、あなたはどこで何をなさっていました。いや、これは形式的に皆さんに訊いている質問ですのでどうぞご承知下さい」

「八月十六日ですか——」

蓑田裕一が考え込む表情を浮かべる。それから、おもむろに言った。

「お盆ですね。確か、その日は、体の具合が悪くて、自宅で寝ていたはずです。研修が忙しくて、目まぐるしい毎日を送っていますから、少し前のことも、すぐに忘れてしまうんで、曖昧な記憶ですけど」

「本当に？　その日、あなたが自宅にいたということを証明してくれる人がいますか」

「いいえ、いません。私は独身で、一人暮らしなんですよ」

「しかし、夕刻、あなたが外出されるのを見かけた人がいるんですけどね」

棟方の言葉に、蓑田裕一が歯を見せた。

「ああ、お隣の奥さんのことでしょう。それは、薬を買いに行ったんですよ。そう何日も寝込んでいるわけにはいきませんから」

いささかも動じる様子もなく、平然と言った。

だが、目崎は、その淀みなさに、かえって想定問答を用意していたという印象を抱いた。

「だったら、質問を変えましょう。今からひと月ほど前に、石神井公園駅の近くにある飲み屋に入られましたよね。それも、お一人で。店の女性従業員から聞きましたよ」

「どこの飲み屋に行こうと、私の自由でしょう」

間髪容れず、返事が返ってきた。

「しかし、和光市にもいくらでも飲み屋があるのに、わざわざ石神井公園駅の辺りにまで足を延ばされたんだから、何か特別な理由があったと考えるのが、当然じゃありませんかねえ」

「ふらりと見知らぬ街に行って、たまたま目に付いた店に入る。私はよくそういうことをするんですよ。いわば、趣味みたいなもんです。それもいけませんか」

「いいえ。しかし、フランクミュラーを野島啓二にプレゼントしたという言い訳は、裁判所では通用しないんじゃないんですか。安くても、四、五十万円はするという時計を、何の理由もなく相手にあげたなんて、あなたが大金持ちで、野島啓二さんとごく親しいという間柄でもない限り、社会通念上、あり得ない事態ですからね」

途端に、蓑田裕一は黙り込んだ。

棟方が続けた。

「ああいう高級品は、一点ずつ製造番号が打ち込まれていますし、たとえばクレジットカードでお買いになったのだったら、それを調べれば、遺体で発見された野島啓二さんが腕に嵌めていたフランクミュラーが、あなたのものだったことが裁判でも明確に裏付けられるでしょう」

裁判という言葉を、棟方が強調したことに、目崎は気が付いた。そして、その一言、一言が、蓑田裕一の取り澄ました顔の筋肉を、目に見えぬほど少しずつ浸食してゆくのを感じていた。

蓑田裕一の目がかすかに泳いでいる。必死になって、棟方の追及をかわす術を探しているのだろう。と、その動きが止まり、こちらを見た。

「私のフランクミュラーだったら、気が付かないうちに、どこかで失くしたんですよ。ですから、それを誰が嵌めていたとしても、私がプレゼントしたなどという虚妄《きょもう》の論拠にはなりませんよ。むろん、社会通念上の疑問などということも存在しないことになります」

勝ち誇ったように、蓑田裕一が初めて野卑な笑みを浮かべた。

「なるほど、しかし、一つ一つには、それらしい理由や言い訳が揃っているようでも、いくつもの事実が積み重なったら、裁判官は、どう判断するでしょうかねえ。落とした時計をたまたま嵌めていた野島啓二とあなたは浅からぬ因縁がありますよね。あなたは、十二年前、野島啓二とともに、十六歳の罪もない少女を襲った。多摩少年院に入って、出た後のあなたは大学へ進み、さらに司法試験に合格して司法修習生となった。ところが、今年の七月十四日、刑期を終えて、和光市にある梅本食品で働いていた野島啓二が、あなたが勉強している司法研修所に弁当を届けるために立ち寄った。野島啓二はせっかくありついた仕事を放り出して、数日後には石神井公園の近くに移り住んだ。そして、一切働くこともせずに、ある飲み屋に通い詰めて、お気に入りの女性店員に、あなたのフランクミュラーの腕時計を見せびらかしている。その同じ店に、どうしたわけか、あなたまでが出没していた。そして、八月十六日の晩、その店から戻る途中、石神井公園の中で野島啓二は殺された。その日、あなたは司法研修所を休んでいる――どうでしょう、これら一連の事実は、あなたと野島啓二殺害の間に密接な繋がりがあることを示しているとしか考えられない。理由は明白です。あなたにとって、野島啓二は二度と顔を合わせたくない存在だったからだ。まして、法曹の道が約束されているあなたにとって、野島啓二は文字通り疫病神だったはず。にもかかわらず、司法研修所にいたあなたは、その野島啓二とばったりと鉢合わせしてしまったんだ。そのとき、どんなお気持ちだったんですかね――」

　棟方が話を続けてゆくうちに、取り澄ましていた蓑田裕一の顔つきが、歯噛みしたようにしだいに歪み始めると、憎しみに満ちた眼差しを棟方に向けていた。苦しげに口で息をしているのが、目崎にも分かった。肩が大きく上下しており、顔面が紅潮している。

だが、それでも口を開こうとしない。棟方が放つ言葉の一つ一つが、さながら鞭の打擲《ちょうちゃく》のように、蓑田裕一の自信や自尊心を打ち据えても、それが、彼に自制心を失わせて、思わず口にしてはならない隠された事実を吐露させるための策略であることを悟っているからだろう。

「――野島啓二と顔を合わせた途端、文字通り、心臓が止まるほど驚いたんじゃありませんか。いいや、あなたを見つめた野島啓二の顔に、かつて見慣れた、獲物を見つけたハイエナみたいな野卑な嗤いが浮かんだとき、まるで足元の地面が無くなったように感じたことでしょうね。そして、咄嗟《とっさ》にこう思ったはずだ、これで俺は破滅だ、と。そうじゃありませんか」

「いい加減に黙れ――」

いきなり、低く抑えた声が蓑田裕一の口から漏れた。

「――おまえがいくら状況証拠を並べたてても、そんなものは何の証明にもならない。俺が、あいつを殺したっていう確実な証拠があるのか。俺が野島啓二を殺すところを見たやつがいるのか。さあ、どうなんだ。証拠や目撃者がいるのなら、ここに連れてきてみろ。俺は、絶対に破滅なんかしないぞ」

言い切ると、蓑田裕一が荒い息遣いとなった。

その場に沈黙が落ちた。

だが、棟方の言葉がそれを破った。

「確かに、証拠も目撃者もまだ見つかっていません。でも、私は決して諦めませんよ、破滅するあなたを、この目で見るまでは」

そう言うと、棟方は、目崎に顎をしゃくって、外廊下を歩き出した。

目崎もその後に続いた。

だが、エレベータに乗り込もうとしたとき、気になって彼は振り返った。

自宅玄関前に、蓑田裕一がまだ立ち尽くしていた。

五

「蓑田裕一くんは、とにかく頭のいい子でしたよ」

中学生のとき、弟が蓑田裕一や野島啓二と同級生だったという萩原知美《はぎわらともみ》が言った。小柄で、丸顔の女性である。目も鼻も丸く、愛嬌のある顔立ちと言っていいだろう。白いTシャツにスリムのジーンズを穿いている。

「彼は、どんな性格の生徒でしたか」

棟方が勢い込んで訊いた。

目崎は棟方とともに、朝一から、蓑田裕一の中学時代の同級生から聞き取りを続けていた。都筑署の捜査記録に記載されていた主要な内容を執務手帳に書き写してあったので、近しい同級生の住所は分かっている。

町田市高ヶ坂三丁目のこの家で三軒目だった。いま、玄関先で話を聞いている。弟に話を聞く予定で訪れたのだが、あいにくと、弟はすでに就職して福井に転居していたので、仕方なく姉の知美から話を聞いているのだった。

「性格は悪くはなかったけど、少々気の弱いところがありましたね」

「しかし、三年生の頃、不良の野島啓二とつるんでいたって聞きましたけど」

目崎は、棟方と知美のやり取りを見つめながら、昨晩の蓑田裕一との対決を思い返していた。ある意味で、あれは痛み分けか、それ以上だったと感じていたのである。確かに、棟方は蓑田裕一を瀬戸際まで追い詰めたと言えるだろう。司法試験に合格するほど頭がよく、司法修習生として、裁判や弁護など、理路整然たる理論を展開する訓練を受けている蓑田裕一が、棟方の追及に遭って、冷静さを失い、感情を爆発させたのだから。

だが、あと一押し、決め手に欠けていたことも否定できない。そのうえ、田神茂が送致になるまで、もう半日程度しか時間は残されていないのだ。さすがに、目の前の棟方も、焦りの色が隠せていなかった。

「ええ、野島くんは、確かに困った人だったようですよ。喧嘩したり、他人のものをちょろまかしたりするって、弟がこぼしていましたから。だから、蓑田くんは、元々はそういう子じゃなかったのに、野島くんに付け込まれて、パシリみたいことをさせられていたんです」

「ほかに、野島啓二と蓑田裕一が親しくしていた子供はいなかったんですか」

萩原知美がかぶりを振った。

「野島くんと親しくしていた人は、いませんでしたね。だから、そんな彼と付き合っている蓑田くんも、何となくみんなからハブられていたって感じだったと、弟から聞きましたけど」

うーん、と棟方が唸った。

これまでに話を聞いた二人からも、大した収穫はなかった。蓑田裕一を追い詰める手立てが見つからなければ、このままだと時間切れになる。棟方の苦衷《くちゅう》が、目崎にも感じられる。そう思ったとき、思わず彼の口から言葉が出ていた。

「弟さんは、高校でも野島や蓑田と一緒だったんですか」

「ええ、そうですけど」

萩原知美がうなずく。

「確か、野島は十六歳で久里浜少年院送りになったから、蓑田は野島から離れることができたと聞きましたけど、そのときは、どんな感じだったんですか」

「そのことですか。確かに、野島くんが、少年院送りになって、蓑田くんが、少し変わったと弟が話していたのを覚えています。明るくなって、みんなも、元通りとまではいきませんけど、それなりに受け入れるようになったんだとか。だから、もしも、あのまだったら、人生が違ったものになっていたでしょうねえ」

物思いにふけるような顔つきで、萩原知美が言った。

目崎は思わず、棟方と顔を見合わせた。まさかと思ったのである。

「萩原さん、いまおっしゃったことは、どういう意味ですか」

目崎の言葉に、萩原知美がハッとした顔つきになり、掌で口元を覆った。

「それは、つまり――」

萩原知美が言いよどんだ。

「もしかして、あなたは、野島や蓑田の犯した罪を、知っているんじゃないですか」

それでも、萩原知美は黙したまま、視線を逸らしている。

すると、棟方が一つ咳払いして、言った。

「お願いです、どうか本当のことを話してください。あなたもご存じのように、野島啓二が殺害されました。その犯人として、一人の人間が捕まっています。このままだと、検察庁に送られて起訴され、いずれ裁判になるでしょう。証拠、動機、アリバイの不足、自白、すべてが揃っているので、有罪判決は免れません。だが、私たちは、野島啓二を死に至らしめたのは、その人間だけの仕業じゃないと確信しているんです」

そう言うと、棟方が頭を下げた。

目崎も慌てて低頭する。

「——おっしゃる通りです。あの二人が何をしたか、私は知っています」

目崎が顔を上げると、萩原知美の真剣な眼差しがそこにあった。

「どうして、ご存じなんですか」

落ち着いた口調で、棟方が言った。

「聞いたからです」

「誰から」

「正美さんから、野島正美さんから聞きました」

再び、目崎は棟方と目を合わせた。

棟方がすぐに続けた。

「どうしてですか。なぜ、野島正美さんが、隠しておきたい、そんな重大なことをあなたに漏らしたりしたんですか」

「私と野島正美さんは、中学からずっと一緒で、親友でしたから」

「親友――」

「ええ、どんなことでも相談し合う間柄でした。だから、弟の非行に悩む彼女から、度々悩みを聞かされたものです。正美さんは、私なんかと違って、とても美人だから、彼女のことが気になる男子生徒も少なくなかったようでしたけど、あの弟のことがあるから、誰もが二の足を踏んでいたようでした。彼女自身、好きになった相手がいたんですよ。でも、とうとう告白できませんでした。本当に、可哀そうに」

萩原知美がしんみりと言った。

「そうだったんですか」

「ええ、いまでも、ときおり電話を掛けあっています。――そうそう、二週間ほど前にも、電話で話したんですよ」

「二週間ほど前――正確には何日のことですか」

「えーと、確か八月八日だったように思います。彼女、どこかほっとしたような声でした。まさか、彼女の弟があんなことになるなんて。本当は、すぐに電話してあげようと思ったんですけど、何と言っていいか分からなくて、悩んでいたんです」

「ほっとしたような声？」

萩原知美の言葉を遮って、棟方が言った。

「ええ」

「しかし、野島啓二は、せっかくありついた仕事先を勝手に辞めちゃったんですよ」

「だから、いまお付き合いしている方に相談したら、また骨を折ってくれて、新しい勤め先を探してくれたって喜んでいたんです。今度は町田から通える場所で、一緒に住むこともできるから、二度と勝手に仕事を辞めさせないって。だから、その電話で、来週の木曜日に、仕事帰りに弟に話に行くって、弾んだ声で言っていました」

棟方が黙り込んだ。それから、ゆっくりと目崎を見た。

その後、棟方が萩原知美に礼を述べ、萩原宅を辞去した。しばらく黙って歩き、芹ヶ谷公園に入ったところで、棟方と目崎は足を止めた。乾ききった地面に、濃い影が落ちている。喧《かまびす》しい蟬の声に取り巻かれたまま、互いに無言で、汗を拭った。

「目崎、俺たちは、一つだけ、肝心なことを忘れているぞ」

棟方が言った。

その言葉に、目崎は捜査一課に配属されてから初めて、全身から一気に汗が蒸発するような感覚に襲われた。だが、その気持ちを少しも顔に出さずに、言った。

「肝心なこと？」

「ああ、そうだ。ほかの点については、ある意味ですべて調べが行われて、結論が出たものも少なくない。しかし、そいつだけは、まったく未着手だ」

目崎は考え込んだ。重要そうな案件で、それは何ですかと訊けば、自分の頭で考えろとまた言われてしまうことが予想されたからである。まったく未着手な問題。それは、いまさっき萩原知美が何気なく口にした、あの驚くべき言葉に関連していることは、明らかだった。すると、目崎の頭の中に、ふいに閃くものがあった。

「棟方さん」

「何だ」

「行きましょう」

「行って、何をするのか、分かっているのか」

「ええ、二つのことをしなければなりません」

二人は、公園の出口である坂の方へ歩き出した。

六

呼び鈴《りん》のボタンを押すと、家の中でチャイムが響くのが分かった。

「はい、どなた様でしょうか」

ドア越しに、女性の声が響いた。

目崎は声を大きくして言い返した。傍らで、棟方が厳しい表情を浮かべている。

「警視庁の目崎です。少し前に、一度、お訪ねしたものです」

するとと、錠を外す音がして、玄関のドアが少し開き、野島正美が顔を覗かせた。整った容貌に、かすかに緊張の色がある。

「何でしょうか」

一歩身を乗り出し、ドアに手を掛けて隙間を広げると、目崎は言った。

「野島正美さん、八月十六日の木曜日、仕事帰りに、あなたは石神井公園近くにある、弟さんのアパートへ行こうとされましたね」

途端に、野島正美の顔が見て分かるほどに蒼白になった。

「どうなんですか」

返答を促しても、彼女は黙したまま、体が小刻みに震えている。

「ここですべて話して、終わりにしませんか」

苦しげな表情を浮かべ、野島正美が俯いてしまった。

「萩原知美さんから、伺いましたよ。電話で話した内容を。――あなたは、誰かに真実を話したい。知ってもらいたい。そう思っているのではありませんか」

その言葉で、野島正美の肩が震えた。

「――一度失った幸せを、やっと摑《つか》むことのできるチャンスだったんです――」

視線を向けぬまま、野島正美が搾《しぼ》り出すように言った。玄関の三和土に、点々と涙が滴《したた》ってゆく。

「――そのためには、どうしても、弟に立ち直ってもらいたかった。だから、崔さんに無理を言って、もう一度仕事を探してもらいました。あの人は本当に優しい人だし、弟の捻《ひね》くれた性格も大きな気持ちで理解してくれているから、知り合いに頭を下げてくれて、とてもいい仕事先が見つかったんです。私は一刻も早く、そのことを弟に面と向かって告げて、これからのことを話し合いたかったんです。だから、石神井公園の中を通って、弟のアパートへ向かいました。そのとき、男の人が飛び出してきて、誰かを背後から刺すのを見てしまったんです。でも、刺された人が何か叫び、刺した男に摑みかかろうとすると、その男は怯えたように逃げ出してしまいました、そのときです、刺されたのが啓二だということに気が付いたのは。弟は地面に倒れ込んでいました。でも、苦しそうにもがいて、死んではいませんでした――」

そこまで言うと、野島正美が顔を上げた。目が真っ赤に潤んで、涙が滂沱《ぼうだ》と頰を伝っていた。それでも、彼女は涙声で続けた。

「――弟を助けなければと思うよりも先に、誰かに刺されるようなことを、弟はまたやったんだと、咄嗟に私はそう思ってしまったんです。そして、啓二の右脇腹に刺さった包丁を目にしたとき、突然、この弟さえいなくなればと考えてしまった――」

言うと、堪えきれなくなったように、野島正美が両手で顔を覆った。その両手の下から、泣き声が漏れてくる。

目崎には、掛ける言葉が見つからなかった。野島正美が抱えてきた苦労は自分には想像もつかないものだろう。

だが、目崎は意を決し、言った。

「それで、弟さんに近づき、刺さっていた包丁を抜いて、刺したんですね」

うう、と嗚咽が漏れ、「はい、私が、刺しました。——これで、長い間の苦しみがやっと終わると思ってしまったんです」と顔を覆ったまま、野島正美がうなずいた。

「あなたは、左利きだったんですね」

野島正美が再びうなずく。

最初にここを訪れたとき、野島正美がゴム手袋をしていたのは、手に負った傷を隠すためだったのだろう。あのとき、思わず嗚咽を漏らしかけた彼女が、左の手で口元を覆ったのも、左利きのせいだったのかもしれない。

「弟さんの遺体から、財布や携帯電話を持ち去ったのは、どうしてですか」

「物取りの仕業に見せかけようと思ったからです」

「しかし、高価な腕時計は取りませんでしたね」

「啓二がそんな高級時計をしているなんてことは、まったく思ってもみませんでした。——本当に、ごめんなさい」

そう口にするやいなや、野島正美が泣き崩れた。

すると、ずっと黙っていた棟方が、腕に掛けた上着のポケットから取り出したティッシュペーパーを差し出して言った。

「お気持ちは、よく分かりますよ。これまで、あなたは嫌というほど苦労されてきたんだ――」

慈愛の響きの籠もったその言葉に、野島正美の泣き声が重なった。

棟方が続けた。

「――ちなみに、最初に弟さんを刺したのは、田神茂さんですよ」

えっ、と野島正美が驚いたように顔を上げた。

棟方がうなずく。

「あなたもご覧になったように、彼自身のホームページに書き込まれた情報から、弟さんの住んでいる場所を突き止めて、娘さんの命日に仇討するつもりだったのでしょう。自分の一生を棒に振ることになろうと、あの人にはほかに選択肢がなかったんだ。その心情もまた、私には十分に理解できます。しかし、問題なのは、そのホームページに書き込みをした人間です」

その言葉に、無言のまま、目崎はうなずいた。棟方の口にした、一つだけ忘れられている肝心なこととは、このことなのだ。

棟方が、目崎に顔を向けた。

その目が、おまえの番だと告げていた。

目崎はかすかにうなずくと、野島正美に言った。

「私は、誰がホームページに書き込んだのか知っています」

「いったい誰が」

真っ赤に目を腫らした野島正美が、これ以上もないほど真剣な顔つきで言った。

「いまから、それをお教えします。顔写真もお貸ししましょう。その後、少しだけ時間を差し上げますから、私たちと一緒に警察に自首する前に、十分な支度をしてください」

エピローグ

「新米ながら、お手柄だったな」

肩を叩かれて、振り返ると、相米が立っていた。

「お手柄なんて。何から何まで、棟方さんの筋読みに従っただけですよ」

言い返した目崎は頭を掻いた。

講堂内にたむろしている捜査員たちは、いずれもくつろいだ様子で、湯飲み茶碗に満たした緑茶を飲みながら談笑している。《石神井公園内男性刺殺事件》の特別捜査本部は解散式を迎えていた。

逮捕された田神茂は検察庁に送致され、野島啓二を殺害したと自首した野島正美も、取り調べの後、検察庁へ送られた。いずれ、二人とも起訴されて、やがて裁判が始まるだろう。

「棟方は、どうした」

相米が周囲を見回して、顔を戻すと言った。

「さあ、お茶が嫌で一人でビールを飲みに行ったんじゃないですか。単独行動がお好きだし、サッポロビールの黒ラベルもお好きだから」

その言葉に、相米が破顔した。

「そのギャグを、おまえさんも棟方から聞いたのか。もっとも、こんなにも科学が進歩した時代でも、刑事って人種は、けっこうゲン担《かつ》ぎをするんだぜ。例えば、朝一で、新米刑事が先輩刑事にお茶を出すだろう。そのとき、焦って茶碗を落として、割っちまうことがある。これがほかの仕事場だったら、頭ごなしに叱られるものだが、刑事だけは別だ。むしろ、喜ばれるんだ」

「えっ、どうしてですか」

目崎は首を傾げた。

「ホシが割れるからさ」

豪快に笑いながら、相米が離れて行った。

目崎は大きく息を吐くと、茶碗を口に運んだ。一口含む。緑茶の清涼感が胃に染み渡ってゆく。

《一つだけ、肝心なことを忘れているぞ》

棟方が口にしたあの言葉は、田神茂のホームページに、田神真理殺害の犯人として、野島啓二の氏名や偽名、実家の住所、そして、和光市にある梅本食品で働いていたことを書き込みしたのは誰なのかという意味だったのだ。

そのことに気付くと同時に、目崎はもう一つのことにも思い当たったのである。少年法の規定によって、世間から完全に秘匿されている、田神真理強姦殺人死体遺棄事件の犯人について知っている人物で、そのことを田神茂に教えなければならない必然性を持っているのは、蓑田裕一だけだと。

司法研修所で悲運にも野島啓二と再会してしまった蓑田裕一は、野島啓二から強請られ始めたことから、人生が狂い出した。このままでは、一生ずっと野島啓二に付きまとわれて、永久に金を払わされ続けることになる。だからといって、逃げ出すわけにもいかない。だったら、復讐心に燃えた田神茂に、野島啓二の居場所を教えてやればいい。田神茂は、きっと娘の仇討をするだろう。そうなれば、最悪の恐喝者はこの世からいなくなるのだ。田神茂は、当然、逮捕されて、長期の量刑を科せられるはずだから、自分の身は安泰だ。

そして、八月十六日の晩、蓑田裕一もまた、石神井公園の闇の中に身を潜めていたのだ。その目で、野島啓二という邪魔者が、この世から永遠に排除されることを確認するために。つまり、あの晩、二人の人間が、それぞれの思惑から、野島啓二を待ち構えていたことになる。

だが、蓑田裕一の前で、野島啓二が刺されたものの、致命傷には至らず、犯人は逃げ出してしまった。蓑田裕一がとどめを刺そうと考えたそのとき、思いもかけず、別の人影が地面に倒れ込んでいた野島啓二に近づき、刺さったままの凶器を引き抜くと、それを改めて深々と突き立てた――

凶器の出刃包丁が、あの側溝へ投げ入れられたのは、おそらく、次のような経緯だったのではないだろうか。二度刺されたにもかかわらず、まだ絶命に至っていなかった野島啓二に気が付いて、蓑田裕一がハンカチのようなもので指紋を残さないようにして、とどめを刺すために包丁を引き抜いたのだ。そのとき、最後の力を振り絞って、野島啓二が振り返った。昔から知っているその形相に怖じ気づいて、蓑田裕一は仰天して逃げ出し、途中であの側溝へその包丁を捨てたのだろう。女性が素手で出刃包丁を握ったのを目にした蓑田裕一は、側溝にその凶器を投げ入れておけば、女性の指紋が発見されると考えたのかもしれない。だが、血まみれの凶器の柄からは、彼女の指紋は検出されなかった。

ともあれ、これが、目崎の思い描いた筋書きだった。ところが、皮肉なことに、その筋書きにまったくなかったストーリーが、昨日から展開していたのである。少年法を糾弾する複数のホームページに、十二年前の田神真理事件に関わるもう一人の人間として、司法修習生の蓑田裕一の氏名と鮮明な顔写真が掲出されて、瞬く間にネット上に拡散してしまったのである。

目崎は、棟方の顔を思い浮かべた。

互いに交わした言葉が、耳に甦る。

（行って、何をするのか、分かっているのか）

（ええ、二つのことをしなければなりません）

棟方さん。

あなたが考えていたのは、野島正美さんに自首させることだった。

そして、もう一つは、彼女に時間の猶予を与えて、そうしたホームページに、蓑田裕一の名前を書き込ませて、顔写真をアップさせることだったんだ。

だからこそ、インターネットに詳しい自分に、野島正美さんにそうしたホームページへの書き込み方と、写真のアップの仕方を教えるという大役を任せてくれたんですね。

たとえ法律で裁かれなくとも、蓑田裕一が安穏《あんのん》とした暮らしを送ることは、もはや絶対に不可能でしょう。

残っていた茶碗の緑茶を、目崎は一気に喉に流し込んだ。酒が飲みたくなった。棟方はどこにいるだろう。

そのとき、背広の内ポケットのスマートフォンが鳴動した。慌てて取り出すと、着信画面に《葉山千佳》の文字があった。着信に切り替えて、耳に当てた。

「あっ、目崎です」

《私よ。目崎くんから頼まれた件、少しだけ分かったわ。まず棟方警部補の経歴なんだけど、本庁と所轄署を何度も異動しているの。でも、いずれも刑事畑一筋ね。しかも、昇任試験よりも、犯人検挙の手柄で警部補まで昇進しているわ。警察功績章や警察功労章はもちろん、警察勲功章まで貰っているわよ》
「えっ、マジで？」
あまりに遅い報告に、一瞬白けた目崎だったが、思わず声を上げた。警察勲功章は、警察職員として抜群の功労があり、一般の模範《もはん》となると認められる者に対して授与されるのだ。
《うん、マジだよ。ところが、五年前にお子さんを亡くしてから、まったくやる気を失ってしまったんですって》
葉山千佳の言葉に耳を傾けながら、相米の話していたことと同じだと、目崎は思った。
《目崎くん、私の話、ちゃんと聞いてる？》
「ああ、聞いてるよ。それで、どうなったの」
《当然、係長が人事課にねじ込んで、棟方警部補を飛ばそうとしたらしいわよ。ところが、いつも横槍を入れて、それを止める人がいるんですって》
「横槍を入れる？　いったい誰なんだ」
《押村警視よ》
「でも、どうして」

《そこまでは分からないわ。でもね、そんなことを訊いているうちに、うちの課長が気になる話を思い出したのよ》

「気になる話？」

《ええ、あなたが第三係に配属になると決まったときに、人事課に押村警視が呼びつけられて、警務部長から、あなたの指導係を棟方警部補にするようにと指示があったんですって。課長が別の報告書を執務室に持参したとき、偶然、目撃したんだっていうんだけど、いったい、これ何なのよ？》

目崎は絶句した。警務部長が、わざわざ管理官を呼び出して、新任の刑事の指導係の人選まで指示を下すことは、普通では考えられない。だが、警務部長は、警視よりも二つも階級が上の警視長なのだから、押村警視にしてみれば否も応もなかったろう。しかし、警務部長が何のために、そんなことをしたのだろう。

ふいに、伯父の健三の顔を思い浮かべた。そして、その言葉も耳に甦って来た。

（迷宮入りの殺人事件の解明は、並の刑事にはできることではないぞ）

棟方から、刑事の仕事を学べということなのか。

そう思ったとき、目崎の頭の中に、いくつもの光景が去来した。受話器から千佳のまくし立てる言葉が響いてくるものの、その話し声は耳を素通りして、最初に顔を合わせたときの、かすかに驚いたような顔で口にした棟方の言葉が甦ってきた。

(変わったやつだな。ここの仕事に、直情径行はいらんぞ)

司法修習生の山下和彦のエリート然とした高慢な態度に、目崎が反感を露わにしたときに、棟方が珍しく歯を見せて口にした言葉が聞こえた。

(気にするな。そういうところが、おまえさんらしくていい)

そこに、棟方の別の言葉が重なった。

(目崎、俺たちは、一つだけ、肝心なことを忘れているぞ)

あのとき、棟方は、自分のことを一人の刑事と初めて認めてくれて、(俺たち)、と言ってくれたのではないだろうか。

棟方さん――

《目崎くん、以上よ。だったら、そっちも約束を守ってね》

そこでようやく、目崎は我に返った。

「ああ、近いうち、トラジで焼肉を御馳走するよ」

気持ちを切り替えて、目崎は言った。

《やった。特上カルビをうんと頼むから、覚悟しておいてね》

スマートフォンから、葉山千佳の笑い声が響いた。

［法の壁　了］

この作品はフィクションです。実際の事件、実在の人物、団体等には一切関係ありません。双葉文庫のために書き下ろされました。

双葉文庫

し-26-04

左遷捜査《させんそうさ》

法《ほう》の壁《かべ》

2018年11月18日　第1刷発行

【著者】
翔田寛《しょうだかん》

【発行者】
稲垣潔
【発行所】
株式会社双葉社
〒162-8540 東京都新宿区東五軒町3番28号
［電話］03-5261-4818(営業)　03-5261-4833(編集)
www.futabasha.co.jp
(双葉社の書籍・コミックが買えます)
【印刷所】
中央精版印刷株式会社
【製本所】
中央精版印刷株式会社

【表紙・扉絵】南伸坊
【フォーマット・デザイン】日下潤一
【フォーマットデジタル印字】飯塚隆士

ISBN978-4-575-52162-7 C0193
Printed in Japan